Dieses Werk darf – auch in Teilen – nur aufgrund eines schriftlichen Vertrags mit dem Autor vervielfältigt oder in einer anderen Weise verwertet werden.

© 2015: Dr. Martin Glaubrecht
D – 83670 Bad Heilbrunn

Alle Rechte vorbehalten

Umschlag -Titel: ehemalige Chaussee-Apfelbäume
Foto: Martin Glaubrecht, 2013

Rückumschlag: Stimmung über einem Gondelteich
Foto: Martin Glaubrecht, 2013

Herstellung und Verlag:
BoD - Books on Demand, Norderstedt

ISBN 978-3-7412-2051-7

Martin Glaubrecht, Letzte Blüten,

Merkwürdige Geschichten aus einem „Bund der Toleranten" 1960 bis 2010

Vorbemerkung des Autors

Die Figuren in den Geschichten des Bandes „Letzte Blüten" sind, wie die Geschichten selbst, durchweg frei erfunden. Etwaige Ähnlichkeiten mit lebenden oder toten Personen sind rein zufällig.

Mancher Leser wird die Geschichten dieses Bandes und ihre Figuren als „satirisch" empfinden, während der Autor keine satirischen Absichten hat. Die „Merkwürdigen Geschichten" und ihre Figuren sind reine Erfindungen, sie haben keine Entsprechungen in der Realität. Deshalb paßt das Epitheton „satirisch" weder für diese Geschichten noch für ihre Personnage. Satire fungiert gewöhnlich als kritischer Spiegel des Realen. Die „Merkwürdigen Geschichten" und ihre Figuren spiegeln nichts Reales wider: bestenfalls könnte man sie als Negative des oder der „Würdigen", ansehen. Das „Entwickeln" dieser Negative – in Analogie zur Fototechnik – brächte keineswegs die Realität hervor, sondern wiederum literarische Figuren. Allerdings kann sich der Leser nach Belieben nach den Vorbildern zu dieser wie zu jeder literarischen Vorlage seine eigenen Gedanken und Vorstellungen von Handlung und Personen machen – doch wird er nicht behaupten können, seine Kopfgeburten wären „endschlüsselte" Fiktionen der Literatur. Im besten Fall schafft auch er nur wieder (private) Fiktionen, im schlimmsten findet er einen – nun doch satirischen – Spiegel seiner selbst.

Martin Glaubrecht

Letzte

Blüten

Merkwürdige

Geschichten

aus einem

„Bund der Toleranten"

1960 bis 2010

Jahrestage der „Toleranten" -
zugleich Inhaltsverzeichnis

Die Vorgeschichte:

2007 (erschlossen): Seite 7

Die 2. Geschichte:
Erstes Treffen der „Toleranten"

Gespräche über Revolution und Moral – 1960: **33**

Die 3. Geschichte:
Zweites Treffen der „Toleranten"

Eine Hochzeit, Ein tolles Haus
und eine Scheidung - 1970: " **53**

Die 4. Geschichte

Drittes Treffen der „Toleranten"

Szenen der Liebe - Video-Manie - 1980: " **79**

Die 5. Geschichte:
Viertes Treffen der „Toleranten"

Ein Zahnarzt hat sich erhängt – 1990: " **107**

Die 6. Geschichte:
Fünftes Treffen der „Toleranten"

Ein Streit um Hetero- und Homosexualität – 2000: " **120**

Ende " **145**

Die Vorgeschichte
2007 (erschlossen)

Der Sommer war über viele Wochen hin heiß – sahara-heiß. Nirgendwo hat man Erfrischung gefunden, auch draußen nicht, nicht auf Terrassen, nicht in Biergärten. Zu lange hatte die Hitze auf die Stadt gedrückt, als daß man dort noch eine Zuflucht gefunden hätte. Auch die Bäder in der so wasserreichen Stadt, überfüllt und nach Kinderpisse duftend, brachten keine Linderung; nur die Bäche, die, z. T. sichtbar, die Stadt durchfließen, hätten mit ihren eng kanalisierten Tempo-Bädern, wie dem Bad Maria Einsiedel im Süden und dem Floriansmühlbad im Norden, mutige Jugendliche noch erfrischen können. Es gab aber kaum noch mutige Jugendliche. Die meisten von ihnen, nicht nur Jungen, auch viele Mädchen, hingen schlaff herum, waren zu ängstlich, um in die Bäche zu springen.

Wegen der Häme früherer Sommer über uns "Bleichgesichter" waren wir so boshaft, ihnen weder die Baggerseen nördlich von München zu ungefährlichem Baden, noch das von der Stadt gekaufte Badegelände von 50 ha am Starnberger See zu empfehlen, wo sie nicht nur im kühlen Gebirgswasser hätten baden, sondern auch frei herumtoben und fußballspielen können.

Wir beide fühlten uns zu alt für Abenteuer in den rasanten Bachbädern und waren – wie die Jungen – zu träge (72 mein Mann, 65 ich), um rauszufahren aus der Stadt. Wir mußten unserer über die Jahre erworbenen „Hitzebeständigkeit" vertrauen und uns dem Schatten jener Apfelbäume anvertrauen, die im Garten, der zum Café unten in unserem Haus gehört, gleichsam Widerstand leisten gegen den amtlichen Wahn, Baum um Baum zu fällen. Hier saßen wir jetzt schon aus Gewohnheit bei fast jedem Wetter auf nun klapprigen Gartenstühlen: essend, trinkend, auch stundenlang lesend: Zeitungen, Bücher, Broschüren. Gefrühstückt haben wir hier an dem niedrigen Tisch, auf den die hellen Blüten fielen im Frühjahr und schon im Spätsommer die wurmstichigen ersten Äpfel. Und all das über Jahre hin.

Schwerhörig, wie fast alle Alten, brüllen wir uns gegenseitig ins Ohr. Auf die Art zackern wir ein bißchen herum und stellen dann so einfache Fragen, wie die ums wechselseitige Befinden, die schon beantwortet sind, ehe sie gestellt werden. Dabei wäre es an der Zeit, daß wir uns mit interessanteren Themen beschäftigten: vor allem mit den schmerzlich auseinander driftenden Erinnerungen an gemeinsam, oft auch getrennt verbrachte Jahre. Wir sollten den unterschiedlichen Erfahrungen während des Wechsels von Trennung und ehelicher Gemeinsamkeit nicht mehr ausweichen. Mal erwähnen wir dies, mal jenes Ereignis, aber wir führen keine offenen Gespräche, sondern verspinnen uns in alberne Blödeleien.

Ich will nun versuchen, endlich die Vorbehalte und Widerstände, die darin stecken, zu überwinden, mich, so gut ich kann zu erinnern und vor allem die Obstruktion meines Mannes aufzubrechen. Ich will ihm in Erinnerung rufen, wo er in seiner Jugend an einem Aschermittwoch-Abend war: Er hatte in München eine Handvoll junger Leute zusammengerufen, die über Revolution und Moral, ein wenig auch über die Rolle der Frau sprachen, geschichtliche und aktuelle Beispiele durchhechelten, vorgefundene Begriffe nach persönlichen Handlungsanleitungen abtasteten, aber zu keiner Einigung kamen. Als kleinsten gemeinsamen Nenner für eine moralische Haltung fanden sie „Toleranz", auf die sie schworen. Sie gründeten damit zugleich einen „Bund der Toleranten". Das alles schien der Meinige vergessen und verdrängt zu haben und sich den alten Fragen nicht noch einmal, jetzt im Alter, stellen zu wollen.

Mit dem Schweigen soll es nun heute, unterm Hitzeschirm, vorbei sein, vorbei auch mit dem An-der-Sache-Vorbei-Reden. Ich habe mich über den Gartentisch gebeugt und laut zu ihm hinübergerufen, lauter als nötig wäre, um verstanden zu werden und Fragen zu stellen. Nach Jahren des Schweigens oder Ablenkens ins Belanglose will ich nun versuchen, ihn zu provozieren, will ihn zwingen, endlich offen mit mir, seiner Frau, zu reden:

„*He, Konrad, wach auf, komm wach auf! Bitte, sag, was Dich noch interessiert?*" ...

Er reagiert mit routiniert gespieltem Erschrecken, versucht, gesammelt zu bleiben und meiner, wie er wohl merkt, aggressiven Frage die Wirkung zu nehmen:

„*He?*"

So kann er mich nicht beirren; ich wiederhole die Frage, in der er womöglich einen Hinterhalt sieht:

„*Was Dich noch interessiert!*"

Da verstärkt er seine Abwehr. Es scheint, daß er diese Frage als Provokation empfindet. So stellt er sich blöd:

„Warum?"

Ich kralle mich an den Armlehnen meines Sessels fest und batze zurück:

„Weil ichs wissen will!"

Da setzt er eine gemeinhin *männlich* genannte Art von Rationalität ein, nur, um nicht antworten zu müssen:

„Wozu?"

Ich mache ein bißchen Theater (er mag das), springe auf, stampfe mit den Füßen, um ihm das Motiv meiner Neugierde, das ihn vermutlich ganz und gar nicht interessiert, nicht offenlegen zu müssen. Weil es ihn wie gewöhnlich schmeichelt und ers bestimmt jetzt auch so will, heuchele ich statt dessen Interesse an ihm:

„Um mit Dir zu reden."

Schit, er scheint mich zu durchschauen oder zu befürchten, daß ich ihm was Übles anhängen könnte. Er wehrt sich tatsächlich mit raffinierter Schlichtheit und fragt so zurück, wie ich es von ihm nicht erwartet habe.

„Worüber willst Du reden?"

Meine Antwort zischt automatisch, wie nicht gewollt, aus mir heraus, während ich doch befürchte, daß er meine Antwort nach kurzem Aufschlucken als instrumentale Lüge erkennt:

„Darüber, was Dich interessiert! Hab Dich doch schon danach gefragt."

Konnte ich ihn täuschen? Wie schutzbedürftig drückt er sich wieder zurück in seinen Sessel, antwortet aber heftig abwehrend:

„Darüber brauche ich nicht zu reden, das weiß ich auch so!"

Ach, was weißt Du schon von Dir, denk ich. Und greif ihn auf der formalen Ebene an:

„Du mußt doch nicht so schreien! Ich muß es halt wissen, um mit Dir reden zu können!"

Wie er jetzt antwortet, kenne ich zwar aus Männer-Disputen, habe aber nicht erwartet, daß er auch mit mir so umspringt. Aber er ist so perfekt darin, als hätte er die Masche in vielen Streits geübt:

„Dazu brauchst Du doch von mir nichts zu wissen!"

Ich hab ihn immer im Glauben gelassen, daß ich so ahnungslos und naiv wäre, anzunehmen, daß Gespräche der Frauen mit ihren Männern oder über sie in der Regel ohne Kenntnis der männlichen Rationalität, ohne acht auf ihre Gefühle und Taten mehr oder weniger unschuldig geführt werden – auch der ärgste Tratsch. Und so spiele jetzt ich das Kind, das er ohnehin von mir, einer Frau, erwartet und frage scheinheilig:

„Wieso?"

Vielleicht versteht er die kindliche Mimikry als Frechheit, der er mit männlichem Wissen über weibliche Diskurse glaubt begegnen zu können:

„Puh, Du redest doch auch ohne Wissen von mir, mit mir und öfter noch ohne jegliches Wissen auch über mich – mit

den Leuten – und das seit fast 40 Jahren!"

Glaubt er denn im Ernst, daß ich mich aufregen und widersprechen würde, um so einen Quatsch über weibliche Gesprächsgewohnheiten zu widerlegen? Ich erspare mir die Antwort. Es ist besser für mich, ihn, ihn allein, dessen zu beschuldigen, was wir beide, als hättens wir geübt, ehelich tun: streiten! Dabei will ich gleichzeitig versuchen, mich ranzumachen an das, was ich von ihm wirklich will, ohne daß er merkt, woher der Wind bläst:

„Fang keinen Streit an! Ich wollte Dich was Wichtiges fragen, und das hängt vielleicht mit dem zusammen, was Dich interessiert. Bitte, antworte!"

Seine Antwort ist nichts als ein Versuch, auf einem, glaubt er wohl, „unweiblichen Feld" mein Insistieren auf Beantwortung der Fragen zu unterlaufen oder zu stoppen:

„Fußball!"

Offensichtlich will er mit dieser „männlichen" Antwort mir den Wind aus den Segeln nehmen, der Fragerei ein Ende setzen. Er scheint vergessen zu haben, daß auch ich (Straßen-)Fußball gespielt habe, und so frage ich ihn aus eigener Kompetenz:

„Was genau am Fußball?"

Anscheinend antwortet er sachlich und korrekt, grinst aber dabei. Er muß immer noch glauben, daß ich nichts, gar nichts von „seinem" Fußball verstehe.

„Daß Bayern München seit 10 Jahren nicht mehr Deutscher Meister geworden ist."

Er will mich doch tatsächlich testen, mich gar verscheißern?! Ich spiele empört:

„Laß den primitiven Versuch, mich als dumm und dämlich zu behandeln! Du weißt genau, daß die Bayern fast jedes Jahr Meister waren und werden. Höchstens ein/zwei mal waren sie es nicht."

Aber war da in seiner unverschämten Antwort nicht etwas, auf das ich eigentlich hinaus wollte? Diese Zahl in ‚seit 10 Jahren'?"

„Aber wie kommst Du auf 10. Hast Du diese Zahl bewußt genannt?"

„Nein!"

Ich erinnere ihn daran, daß unsere Treffen im 10Jahreswechsel stattfanden und daß er zuletzt beim 5. Treffen, zusammen mit den Freunden, seinen 65ten Geburtstag gefeiert haben muß.

„Davon weiß ich nichts!"

Merkwürdig, daß er von diesem Geburtstag nichts zu wissen vorgibt. Er ist jetzt, eigentlich schon seit ein paar Jahren, in dem Alter, in dem man natürlicherweise dies und das vergißt. Wenn er nun aber krankhaft vergeßlich, orientierungslos und immer ungeschickter wäre, wenn er „Alzheimer" hätte?

Das hätt ich merken müssen.

Mit längeren Unterbrechungen sind wir jetzt mehr als 35 Jahre zusammen, teilen Bett und Tisch und den Schatten des kleinen Cafe-Gartens. Er ist vertrottelt, ja, aber kein Alzheimer-Patient. Weshalb dann aber verleugnet er die letzte

10Jahresfeier unseres Bündnisses, an der er zugleich seinen 65ten Geburtstag feierte.

"Stell Dich nicht dumm! Das sagst Du bloß, weil Du mir nichts von dieser Feier erzählen willst. Oder hast Du vergessen, daß ich meine Arbeit weit hinten im Bayerischen Wald hatte und nicht immer an den Feiern des Bundes teilnehmen konnte, auch nicht an dieser bisher letzten?"

Es hat mich viel Geduld gekostet, ihm endlich diese Frage stellen zu können. Und dann diese Antwort, die nicht einmal der Form nach eine ist, bestenfalls eine höhnisch rhetorische Formel.

"Woran will ich mich nicht erinnern?"

Blöd oder bösartig – beides kenne ich nicht von Konrad: er scheint nicht reden zu wollen, nicht mit mir und nicht über ein von ihm nicht durchschautes Geschehen. Was soll man da antworten, wenn ein Mann vorgibt, daß man glaubt, er habe keine Freunde. Also wiederhole ich stur:

"An die Feier, die letzte, mit Deinen Freunden!"

Ach, er weiß, daß ich weiß, daß er kaum Freunde hat, wie auch, bei seinem abgeschiedenen Leben! Daß er aber mir mit einer schon sehr frechen Rückfrage suggerieren will, gar keine haben zu wollen, ist doch ein starkes Stück:

"Na, Deine Freunde!"

Wieder weiß er nur durch Verleugnen zu antworten:

"Welche Freunde?"

Ich bins eigentlich müde, dieses Herumquälen in Verleugnen, Sichdummstellen und purer Frechheit. Und doch mache ich weiter, in der Hoffnung, irgendwann einmal ehrliche Antworten zu kriegen!

„Na die, mit denen Du vor 10 Jahren Geburtstag gefeiert hast, mit denselben, mit denen Du Abitur gemacht hast, Deine Klassenkameraden halt."

„Habe keine Klassenkameraden!"

„Aber ja doch, die drei: **Werner, Heinz** *und* **Wilhelm**, *kennst Du die denn nicht mehr?"*

*„Na ja, die Namen weiß ich noch; natürlich weiß ich ihre Namen, aber sie waren nicht meine Klassen***kameraden***!"*

Aha, er hat „Klassen-ichweiß nichtmehrwiemansienennt, doch dürfen es keine Kameraden sein.

„Was, um Himmels Willen, waren sie dann?"

„Meine **Schulfreunde**, *selbstverständlich! Schließlich waren wir weder beim Militär noch in einem dieser Vereine, in denen man ‚Kameradschaft' pflegt. Aber die Drei, die Du genannt hast, sind längst tot!"*

Jetzt kommt er mit dem schwersten Kaliber, dem Tod – da braucht, ja, da kann er nun wirklich nicht auf meinen Wunsch eingehen, die Feiern, an denen ich nicht teilnehmen konnte, zu wiederholen.

„Ach was! Wer soll denn tot sein?"

„Alle drei, zumindest aber der erfolgreichste von uns, der mit der großen Zahnarzt-Praxis mit mehreren Behandlungs-Räumen und -Stühlen und einer Handvoll Sprechstundenhilfen, mit einer Empire-Villa am Rhein und einem Reitstall – mit allem halt, was ein Parvenü sich zulegen kann.
Vor allem war er der Vater von zwei sehr schönen Töchtern.

Wilhelm hieß er. Der starb - wie man so sagt – noch in der Blüte seines Lebens. Nach ihm starb der Reklamefritze, dieser Dampfplauderer, auch er Besitzer einer Riesenvilla, eines Us, mit einem überdachten Schwimmbad zwischen den Wohnbereichsflügeln. Beide sind mausetot. Von dem dritten, dem scheinbar so Harmlosen aus München, weiß ich nicht, ob er noch lebt."

Welch ein Hochmut! Alle Männer unseres „Bundes", außer ihm, sollen tot sein, alle. Dabei habe ich mindestens zwei von diesen Totgesagten selbst noch als Lebende erlebt. Allerdings könnte ich nicht sagen, wann und wo das war. Nicht bei allen Treffen war ich dabei. Schließlich konnte ich „meine Jungs" nicht allein lassen, die Gefahr, daß dieser oder jener „zurückgefallen" wäre in Taten, aus denen ich sie ziehen wollte, wäre zu groß gewesen. Aber gerade wegen der „Lücken" bei den Treffen, eigentlich seinen Geburtstagsfeiern, möchte ich, daß er auch diesmal alle zu seinem 75ten einlädt. Dann werden wir ja sehen, wer tot, wer lebend noch ist:

„Möchtest Du denn keinen von Euch, die ihr zusammen Abitur gemacht habt, zu Deinem 75ten wiedersehen, nicht mit ihnen feiern, zum Beispiel, daß Ihr noch lebt?"

Er bockt und bleibt bei seinen „Totsagungen".

„Immer dasselbe! Sie kann nicht zuhören! - Frau! Hab ich nicht deutlich gesagt, daß sie tot sind, mindestens 2 von ihnen - mausetot - und der dritte wahrscheinlich auch?!"

O K, ich kann auch stur sein, aber nicht stur wie ein Mann, aus Prinzipienreiterei, nein, weil mir ein, nein zwei, drei Stücke Leben, gelebten und vergessenen Lebens, vielleicht auch nur

nicht wahrgenommenes Leben, fehlen, er soll sie mir nachliefern, er, mein Mann und Obermotz dieses „Vereins",
ach ja, „Bundes der Toleranten". Er muß, weil ers kann!

„Aber wie sollen wir dann feiern! Ich möchte wenigstens einen versäumten Geburtstag mit Dir und Deinen Freunden nachfeiern. Sie waren so geistreich! Der Wilhelm mit seinen Anekdoten aus dem Medizin- und Zahnmedizin-Milieu, und Heinz, der so lebendig aus der Zeit berichtet hat, als noch die Mauer stand und er ein großer Held und ‚Fluchthelfer' war."

Ich hätt's mir denken können: Er geht nicht auf meinen Wunsch ein, spottet statt dessen über die konventionelle Ehrfurcht vor dem Tod und seine toten Freunde:

„Nein, nein: Geistreich waren diese Heinis nicht. Schwätzer, Plaudertaschen waren sie, wie wir alle: Eitle Selbstdarsteller, die, meist vergeblich, auf die Art versuchten, bei einem Weib 'n guten Eindruck zu machen. Mir hat von den Dreien der Straßenbahner Werner imponiert, der meist stundenlang stumm dasaß, mit einer Miene wie gemauert, die geheimes Wissen anzudeuten schien. Die zweite Ausnahme von den bloßen Schwätzern war Hiltrud, die Frau des Zahnarztes. Sie war gebildet, nicht bloß geistreich, aber auf eine merkwürdige Art: Sie hat zwei Doktortitel erworben, einen in Medizin, den anderen in Germanistik.

Die Dissertationen hat sie jeweils während einer Schwangerschaft geschrieben."

Verblüffen kann er einen ja doch! Da zieht er über zwei seiner Freunde her, um den dritten insgeheim für, ich weiß nicht was, zu bewundern, so, als habe er Schuldgefühle. Dann hebt er die Leistungen einer Frau hervor, er, der Chauvi und zynische Weiberheld. Ich kannte zwar die Hiltrud von unserem Gründungstreffen her, aber von ihrem Doppeldoktor konnte ich nichts wissen, damals studierte sie noch. Vielleicht wagt er sich ja weiter vor und plaudert weitere Vorzüge dieser Frau aus, die ja hochgebildet und diszipliniert gewesen sein muß:

„*Was für eine Frau! Und was für eine Arztpraxis hat sie dann mit dieser Kombination betrieben?*"

„*Gar keine!*"

Ist er nur maulfaul oder will er etwas verbergen? Am Ende sagt er auf seine Art die Wahrheit! Ich muß weiterbohren, vielleicht verfügt er ja doch über längere Sätze!?

„*Dann eine einfache?!*"

Ich hätt gar nicht zu fragen brauchen, er übersprudelt diese Frage, hüllt sich in ein Wortgeklimper, um sein Verhältnis zu dieser Frau nicht enthüllen zu müssen. Das glaubt doch kein Mensch, was er da losläßt:

„*Hör, bitte, genau zu: Nichts, reineweg nichts hat sie angefangen mit ihren Titeln. Sie praktizierte nicht, half, höchstens, wenn's nötig war, ihrem Mann als Sprechstundenhilfe. Ja, ich weiß, was Du sagen willst. Ja, auch unter Ihrem Bildungsniveau. Nein, niemand kann das überzeugend erklären. Schätze: unglaublicher Hochmut, Wissen nur für sich zu erwerben und zu hüten, niemanden davon partizipieren und nur den Glanz des Doppeltitels leuchten zu lassen.*"

Zu dieser ziemlich unsinnigen Konstruktion weiß ich kaum etwas zu sagen. Nur ein absurdes Bild sehe ich: einen prächtigen Hochseedampfer, voll unter Dampf, die Feuer glühen unter den Kesseln und heißweißer Dampf hüllt in heftigen Stößen den Himmel ein – doch der Koloß liegt unter mächtigen Erschütterungen an Ort und Stelle, während er gleichzeitig in beide Richtungen, nach vorn und nach hinten, losbrechen müßte. Dies widersinnige Bild im Kopf, stelle ich mich wieder dumm:

„Wie ist so etwas zu erklären, die übliche ‚schwere Kindheit'? - Wird das denn genügen?"

Da hab ich ihn auf eines seiner Spezialgebiete geschickt, die Psychoanalyse, d.h. was davon übrigbleibt bei einer oberflächlichen und alltäglich-laienhaften Verwendung unter Freunden oder Kollegen, oft Paaren: Heteros oder Schwulen, gleich welcher Spielart, denn es geht diesen Leuten nicht um Heilung, sondern um allerlei Persönliches, z. B. um Selbstdarstellung oder aggressive Mache und Erledigung von Konkurrenten. Dahin hab ich ihn geführt, und sofort weiß er es zu nützen. Er legt los, als sei er einer dieser Laientherapeuten:

„Ach was, Hiltrud und eine schwere Kindheit, lachhaft. Verwöhnt war sie von ihren wohlhabenden Eltern, bei kleinsten Konflikten suchte und fand sie ‚Zuflucht', Bestätigung und Verhätschelung bei Großmama und Großpapa, dem Begründer einer noch existierenden großen Weinhandelsfirma. Von daher rührt vielleicht ihre Überheblichkeit. Aber soll sie, selig wird sie so auch nicht. Vielleicht war ihr wissenschaftlicher Turmbau, wenn auch nur eine niedrige, so doch eine Schanze und ‚Feste Burg' nach Luthers Vorbild, allerdings eine irdische Fluchtburg, in die sie ihr eigentliches, liebesuchendes Selbst

versteckt und verwandelt in eine ideale Person, als die sie sich über alle Welt überhebt, mindestens aber über die Männer. "

Wohl recht konstruiert für diesen zwiefach, um nicht zu sagen neunmal klugen, Freund und „Therapeuten". Substantielles erfährt man von ihm nicht über Hiltrud, nur etwas Windiges, Quasi-Soziales über ihre Intentionen. Wichtig aber ist seine Vermutung, daß sie „Liebe suchte", wobei er verschweigt, bei wem. Außerdem hüllt er seine Bemerkungen über eine bemerkenswerte Frau in den Ton überheblicher Aggressivität, mit dem er auch die anderen Freunde „beehrte". Das, wenigstens das, sollte ich ihm sagen:

„Nun ja, Du weißt ja immer über andere zu urteilen und hältst Dich für soviel schlauer und geistreicher als Deine Freunde!"

„Stimmt denn nicht, was ich gesagt habe?!"

Dem Manne ist nicht zu helfen. Er hält „stimmen" für „wahrsein" und begreift nicht, daß dieser Begriff in einer Beziehung zu Freunden, ja selbst in Urteilen über Freunde nichts zu suchen hat. Er sollte von „verstehen", „sich einfühlen", ja, auch von „helfen", „beistehen" und vielen anderen menschlichen Haltungen und Werten sprechen, und nicht nur das: Er sollte versuchen, sie zur Lebenspraxis zu machen! Er aber kritisiert nur seine Freunde, die er noch dazu für tot erklärt!

„Stimmen oder nicht stimmen, das ist doch nicht die Frage! Deine Motive interessieren mich: Erstens, weshalb Du Deine Freunde für tot erklärst, auch den, den Du für harmlos hältst und von dem Du nicht zu wissen vorgibst, ob er nicht doch

noch lebt. Zweitens, was soll ich von Dir, einem gebildeten Mann, halten, wenn Du Dich übers ‚de mortui nil nisi bene' hinwegsetzt und die tot von Dir Erklärten herabsetzt, die Doppeldoktorfrau aber nur merkwürdig findest."

Ich möchte wissen, was geschehen ist bei dem vierten und dem fünften Treffen, an denen ich nicht teilnahm, will wissen, was er getrieben hat mit denen, die vielleicht nicht Objekte, sondern nur Zeugen seiner Handlungen waren. Ich will wissen, weshalb er sie jetzt verhöhnt, wills von ihm wissen, wills trotz dieser Teufelshitze wissen, die sich schon bald in einem Höllengewitter entladen wird. Gewitter, weiß man, reinigen die Atmosphäre, und so erwarte auch ich erfrischend-reinigende Aufklärung durch Konrads Geständnisse.

„Hattest Du denn etwas mit der Zahnarztsgattin? Von ihr sprichst Du wenigstens mit einem Quentchen Interesse. Kannst und willst Du mir Einzelheiten berichten, mein Herr Gatte?!"

Er wird wohl können, will aber nicht. Statt dessen beklagt er larmoyant, daß ich unfreundlich und lieblos sei und ihn nicht achte. Unglaublich wie dieser Kerl, mein Mann, Verantwortung und Ehrlichkeit wie ein Fleck vom Hemd wegwischt und in totaler Verkehrung der Tatsachen und Pflichten mich fast zu einer Schuldigen macht, nur um wie ein Kind um Anerkennung zu betteln:

„Es ist abgeschmackt von Dir, ja widerlich, jetzt über mich herzufallen, während Du früher freundlich zu mir warst, mich am Anfang, glaube ich, sogar geliebt hast. Schließlich hast Du

mich anerkannt als den Kopf unseres ‚Bündnisses der Toleranten'."

Welch frecher Kerl: Es hat niemals, förmlich oder nicht, einen „Kopf" unseres Bündnisses gegeben. Wenn wir bei irgend etwas einig waren, dann da, daß wir im „Bündnis" alle gleich waren. So jedenfalls erinnere ich mich:

„*Kopf unseres Bündnisses? Wärest Du das je gewesen, könntest Du ja für mich noch einmal diese Rolle spielen und für 2010 das sechste Treffen des ‚Bundes der Toleranten' ausrichten und alle noch Lebenden dazu einladen.*"

Er wird wohl ahnen, daß ich seine Anmaßung durchschaut habe, und nicht in meine Falle tappen. Wie aber wird er reagieren? Tote wird er nicht gut einladen können, aber gar nichts zu tun, würde seine „Haupt"-Eigenschaft in Frage stellen!

„*Schön gesagt, Dein Vorschlag einer Testeinladung: quasi auf Tote und Lebende. Aber trotzdem sind sie tot! Mausetot! Erinnerst Du Dich denn nicht mehr, daß die Berliner Kodderschnautze mitten im Gespräch abkratzte – Herzinfarkt?! Und siehst Du es denn nicht mehr, daß zehn Jahre früher die Todesbotin hereinkam, bleich im Gesicht, doch ‚kühl bis ans Herz hinan', schwarz gekleidet und den weißen, schwarz umrandeten Umschlag mit der Todesnachricht ruhig in der Hand?! Hast Du denn nicht gegreint, als sie die schauderhafte Geschichte vom Tode ihres Mannes erzählte?*"

Ach, sieh an! Er will mir ein Wissen unterschieben, das ich nicht haben kann, weil ich bei keinem Treffen dabei war, an dem das passierte, von dem er spricht. Ich muß ihm endlich eine Dosis „Wahrheit" verpassen. Sie wird ihn hoffentlich mürbe machen, so daß er endlich von seinem Toten-Wahn abläßt.

„Du spinnst! Ich habe nie ‚gegreint'. Ich war ja gar nicht da, als das, was Du erzählst, passiert sei soll! Bei beiden Treffen. Du weißt es, und Du weißt, weshalb!"

Ui! Sein Gesicht. Er sollte es sehen! Diesen Ausdruck von nichts: Er ist mürbe! Etwa wegen der Streiterei mit mir? Oder glaubt er ernsthaft, daß die zwei, wenn nicht gar drei der Freunde tot sind, daß nicht nur er, sondern auch ich von ihrem Sterben noch während der Feiern unterrichtet wurde?"

„Ach, Konrad, erinnere Dich doch, daß ich wegen des Projekts der Betreuung gefährdeter Jugendlicher, das ich im Bayerischen Wald betrieb, weder am vierten, noch am fünften Treffen des Bundes teilnehmen konnte. Wenn Du Dich genau erinnest, weißt Du es, seit ich Dich mit Deinen handwerklichen Fähigkeiten um Mitarbeit gebeten hatte! Und sicher einnerst Du Dich, daß Du Dich erst einmal gedrückt hast, doch später dann – Lieber, uns doch für 10 Jahre beigestanden bist. Da hattest Du zuerst eine Liebschaft aufgeben und Jahre später ein akademisches Engagement beenden müssen."

Scheint, daß ihn, überraschend wie ein Blitz, die Erinnerung trifft:

„O Ja! Jetzt erinnere ich mich: Du warst wirklich nicht da an den Treffen, nicht an dem, während dessen der Heinz aus Berlin starb, und nicht an dem zuvor, als Hiltrud die Nachricht vom Selbstmord ihres Mannes überbrachte. Ja, ja: Du warst im Bayerischen Wald, hast kriminelle Jugendliche gehotzt,

wolltest sie zurück auf den rechten Weg bringen: durch Arbeit, Verstehen der Natur und der Lebensmöglichkeiten von und in ihr und durch den Aufbau von Gefühlen und so weiter, und so weiter.

Ich aber habe meine Geburtstage, so wie fast an allen Treffen, auch an den beiden letzten Zehn-Jahres-Treffen feiern können: Trotz Deines verheimlichten Zorns über meinen ‚Verrat' an Deinen Jugendlichen und vielleicht noch mehr, über meine Doppelliebschaft, bin ich nach Göttingen gegangen. Ich konnte dann diese traditionellen Pausen im Lehrbetrieb nützen, um zu den Feiern zu fahren. Auch als ich für die letzten 10 Jahre, nach der Göttingen-Phantasmagorie zu Euch gestoßen bin, habe ich mir ‚freigenommen' für die Teilnahme am letzten Treffen. Du aber hast die Jungen permanent betreut. So hast Du die letzten beiden Feiern verpaßt. Und ich, ich hab Dir nicht berichtet, gewiß auch, weil Du nichts hören wolltest von akademischer ‚Angebereien' oder Erfolgs- und Mißerfolgsgeschichten, – Und jetzt, auf einmal, willst Du wissen!"

Er scheint ehrlich zu sein, erstaunlich, daß er so vieles noch weiß, das ich vergessen habe. Bin nun doch ich im Unrecht? Hätte Konrad, mein Mann, mir nicht ein jedes Mal, wenn er bei einer Feier war, schreiben und berichten können, ja sollen?! Nun stehe ich dumm da mit meinen Versuchen, ihn dazuzubringen, seinen 75ten mit einer Neuauflage der vergangenen Feiern zu begehen! Und es schmerzt mich, daß ich nun von den alten Freunden außer ihm nur noch die hochmütige Doppeldoktorin und – vielleicht – den Straßenbahner werde sehen können!

„Es ist wahrhaft erstaunlich, was Du alles weißt! Jetzt auf einmal weißt. Gut für Dich, schmerzlich für mich! Vielleicht aber gut für uns beide, wenn wir gemeinsam die Gedächtnislücken ausfüllen.

Zuerst mußt Du mir aber erklären, wie Du auf mein angebliches ‚Greinen' kommst, wann das gewesen sein soll und wer die ‚Todesbotin' war. Auch von einem ‚Infarkt' weiß ich nichts. – Es sind das alles mir unverständliche Erfindungen!"

Bin gespannt, wie er sein plötzliches Erinnern an meine Arbeit mit den Jugendlichen in Einklang bringen kann mit seinem Insistieren zuvor auf unserem angeblich gemeinsamen Wissen vom Tod der Freunde.

„Erklären kann ich nichts, aber die Fakten aufklären: An meinem 65ten Geburtstag erlitt unser Berliner Freund einen Infarkt, er starb daran; Zehn Jahre vorher, an meinem 55ten, erschien die ‚Todesbotin'! Und an einem dritten dieser Horrorgeburtstage wurden wir konfrontiert mit einem 10 Jahre zuvor schon geschiedenen Paar, das aber bei geschäftlichen Anlässen noch zusammen auftrat;

Dies vor allem, und nicht nur die Scheidung, hatten wir zu verdauen!

Und jetzt willst Du wissen, wie ich dazukam, Dir all dies vorzuenthalten? Ich hab es eigentlich schon gesagt, will's Dir aber noch einmal sagen: Ich habe vergessen und verdrängt, um nicht um mich schlagen zu müssen, weil Du mich am Abend der Feier meines 45ten Geburtstags weggeekelt hast von meiner ‚Threesome'-Liebschaft. Du müßtest doch noch wissen, daß Du mich auf jeden Fall weghaben wolltest von den Mädchen."

Nun hat er mich, mich, die ich ihn der Schwindelei mit den Toten überführen wollte. Muß wohl zurückstecken. Doch soll es darauf nicht ankommen, wichtig wäre vielmehr, eine kritische und aufrichtige Aufarbeitung der Geschichte unseres „Bundes der Toleranten" und der Taten und Leiden aller Bundesgenossen in dieser 50jährigen Geschichte. Vielleicht spürt auch er, wie notwendig das wäre, denn er war mit Verstand und Tatkraft – freilich auch mit einem dicken Päckchen „Sünde" – prägend für unseren Bund.

„Ja, Konrad, ich erinnere mich an Deinen 45. Geburtstag, da kann von Zwang keine Rede sein, ‚nur' von einem Stich – mitten ins Herz. Vielleicht kann ich es, wenns auch noch immer kitschig klingt, jetzt, nach einem Vierteljahrhundert so sagen. Ach, Konrad, warst Du nicht und bist Du es nicht noch heute: mein Mann? Du hast mir damals doppelt die Treue gebrochen. Kein Wort hab ich daran verloren, daß Du es mit zwei jungen Mädchen zugleich getrieben hast. Bitter aber war, daß es mir nicht gelang, Dich am Ende dieses Treffens dazu zu bringen, Dein Versprechen einzulösen, mir mit Deinen handwerklichen Fähigkeiten zu helfen und für das Projekt im Bayerischen Wald auch als männliche Autorität für die rauhen Burschen dazusein."

Erst als er aus Göttingen zurück war, nach dieser Vertretung für 10 Jahre, kam er zu mir in den Wald und hat mir dann bis zum Ende des Projekts geholfen. Endgültig befreiend versöhnt haben wir uns damals trotzdem nicht: Ich bockte insgeheim noch lange Zeit und sage ihm auch jetzt noch nicht, daß ich ihm nichts mehr nachtrage. Wir müssen endlich offen mit einander sprechen, und Konrad sollte jetzt aus freiem Willen, nicht aus Schuldgefühl, auch nicht als mein Mann, sondern als wichtigster Bundesgenosse der „Toleranten" mit mir zusammenarbeiten bei der Aufarbeitung der Geschichte des Bundes.

„O K: Du hast einen Sack Wissen mehr als ich. Ich weiß wenig nur von all diesen Geburtstagsfeiern, die ja zugleich Feiern der ‚Toleranten' waren. Hatten sie da nicht höhere, allgemeinere Ansprüche, als die an eine einfache Geburtstagsfete? Du wirst doch nicht behaupten wollen, daß die Treffen der ‚Toleranten' zu nichts anderem da waren, als allein Deinem Geburtstag einen glänzenden Kranz von Freunden zu geben!?"

„Natürlich nicht! Ach, Gisela, sollten wir jetzt, da geklärt ist, woher die Mißverständnisse um den Tod der Freunde kamen, nicht das Kriegsbeil begraben?!"

„Ja! Doch wird uns das wohl erst gelingen, wenn wir unsere Geschichte kennen und offengelegt haben. Wir sollten nicht klebenbleiben an der Erinnerung der letzten beiden Treffen. Wir sollten besser ‚Nägel mit Köpfen' machen und die gesamte Geschichte der ‚Toleranten' in den Etappen von 10 Jahren erinnern. Deine Geburtstagsfeiern werden da naturgemäß mit bedacht."

„Ja! Wir müssen alle Treffen erzählen, und zwar jedes Treffen als eine Geschichte von einem Erzähler. Fragt sich nur, ob wir das können."

Was soll nun das wieder? Er kann doch nicht in einem Atemzug einer Einigung zustimmen und sie zugleich in Frage stellen:

„Konrad, Konrad: Du stimmst mir zu und ziehst die Einigung zugleich in Zweifel. Bist Du verrückt?"

„Nein, Gisela, nicht bei einem Problem, das in der Wissenschaft auftaucht, wenn Geschehnisse, Tatsachen: gegenwärtige oder vergangene Wirklichkeit, erzählt werden sollen. Da muß geklärt werden, wie und mit welchen Mitteln das Erzählte auf seinen Wahrheits- und/oder Wirklichkeitsan-spruch geprüft werden kann. Die Quellen: Augen- und Ohrenzeugen, schriftliche Quellen etc. werden geprüft, verglichen und wieder geprüft.

Und wir? Wir haben nur unsere Erinnerungen, die über die Spanne von 50 Jahren ebenso unterschiedlich „genau" und „wahrheitsgetreu" sein können wie die zwischen zwei oder mehreren Personen, – was wir gerade erst bewiesen haben. Und wir haben nur diese Erinnerungen, die „Löcher" aufweisen und/oder in überbordernder Phantasie ertrinken können. Wir können uns unsere Erzählungen höchstens gegenseitig beglaubigen oder sie einfach glauben – aber Vergessenes oder nicht Gesehenes bleibt vergessen, bleibt verschollen."

Nun ja, wir haben da einen Wissenschaftler vor uns, gleichgültig, ob er reüssierte oder auf der Privatdozentenbank sitzengeblieben ist. Er will, was er nicht kann: als Teilnehmer an dem, von dem er erzählen soll: wissenschaftlich erzählen! Er verlangt sich da etwas ab ab, was er, was niemand kann, sich fehlerfrei so zu erinnern, daß Historiker als Sachverständige die Wahrheit des Erzählten bestätigen könnten.

„Ach, Konrad, Hiltrud sollten wir hier haben, sie könnte uns sicher als Germanistin, die sie ja auch ist, erläutern, was eine „Erzählung" ist, es muß uns aber genügen, was ich als Vielleserin weiß: daß es sehr verschiedene Arten von Erzählungen und entsprechende Erzählweisen und Stilrichtungen gibt. Der Oberbegriff, unter den das alles fällt, wird Dich nicht überraschen - ist die „Literatur". So banal das ist, so sehr hilft es uns doch aus unserer selbstgemachten Bredouille: Wenn wir unsere Erzählaufgabe nicht durchweg historisch-wissenschaftlich nehmen, bzw. wegen Erinnerungslücken etc. nicht nehmen können: so können wir doch mit literarischer Freiheit und Erfindungsgabe die Lücken füllen, allerdings so, daß im Ganzen der Eindruck von Authentizität bleibt: Wenn wir so historisch und literarisch kombiniert „erfunden" haben, darf das Resultat nicht „Erfindung" sein, sondern **Erstaunen über die Kraft des Erinnerns!** *"*

„Na gut, wenn Du es so siehst, solltest Du die Sache auch übernehmen. Als Frau, die nur wenig ins Geschehen involviert war, wirst Du sicher wahre Dinge zutage bringen und fehlende literarisch ergänzen. Und ich traue Dir auch zu, mich und alle Welt zum Erstaunen über Dein Erinnerungsvermögen zu bringen."

Aha, er nun wieder: wie alle und wieder wie immer: Wenn problematische Dinge angefaßt werden müssen, schicken die Herren Frauen vor, um später bei strittigen Ergebnissen die ‚Hilflosigkeit' der armen, vom Feminismus aufgepeitschten und irregeführten ‚Weiber' höhnisch zu beklagen. Wird ihm mit mir, diesmal wenigstens, nicht gelingen! Er war der Hirsch, dann der Gockel, zuletzt der „einsame Streiter" in diesem „Bund der Toleranten". Niemand könnte besser als er, der „Geburtshelfer" des Bundes, dessen Geschichte so virtuos und zuverläßlich aufklären, darstellen und ergänzen!

„So haben wir nicht gewettet, Konrad. Im Gegenteil – Du warst bei allen Treffen dabei, oft genug an prominenter Stelle. Mehr noch: Ohne Deine Einladung an eine Handvoll junger Berufstätiger und Studenten am Aschermittwoch 1960 in München, wäre unser Bund nicht entstanden! Du bist prädestiniert, unsere Geschichte von diesem Anfang an und in den Einzelheiten darzustellen: Bei allen Feiern des Bundes warst Du nicht nur dabei, es waren oft zugleich auch Deine Geburtstags-Feiern. Also kannst und wirst Du es machen!"

„Ach, Du Sozialarbeiterin, Du verstößt nicht nur gegen historische, sodern auch gegen literarische Kriterien. Für beide Darstellungsweisen gilt, daß ein kategorialer Unterschied zwischen einer Sache und dem Bericht darüber besteht. Gewiß, ich war bei allen Feiern des Bundes dabei, und diese Feiern waren zumeist auch meine Geburtstagsfeiern. Aber befähigt mich das als „Berichterstatter", mit Distanz und Nähe zur Sache in einem? Gewiß nicht!

Du, Du besitzt nicht nur diese Nah-Distanz, sondern warst oft genug - mehr oder weniger weit distanziert - dabei, um uns alle gut zu kennen. Du kannst mit Abstand am neutralsten uns und der Geschichte der ‚Toleranten' gegenübertreten, Du blickst auf Erfahrungen zurück, die sonst niemand gemacht hat. Deswegen bitte ich Dich, fang Du an, die Geschichte unseres Bundes zu erzählen: vom Anfang an mit dem Bericht von unserem ersten Treffen im Münchner Nach-Fasching von 1960, dem Gründungstreffen."

Weshalb will er mich in Wahrheit vorschicken?

Er will „auf Teufel komm raus" davonkommen. Fürchtet er, nach dem Grad seiner Verstrickung alles, auch unerträglich Peinliches oder Demütigendes erzählen zu müssen? Er war ja vermutlich überall dabei und hat sich, denke ich, kaum zurückgehalten und kräftig agiert.

Konrad, begreifst Du nicht? Es ist nur gerecht, wenn der jeweilige Protagonist des Geschehens es erzählt. Wenn der tot oder sonst nicht zu erreichen wäre, müßtest Du ohnehin einspringen, allein schon, weil Du es kannst. Du wirst ja immer dagewesen sein an Deinen Geburtstagen."

„Dabei war ich immer, ja. Aber berichten kann ich nicht immer. Das gilt vor allem für meinen letzten Geburtstag."

„Konrad, zier Dich nicht wie ein kleines Mädchen! Wenn Du vor 10 Jahren etwas falsch gemacht, vielleicht Schuld auf Dich geladen hast, so kann jetzt Dein Bericht Dir, wie in einer Beichte, vielleicht auch Entlastung verschaffen."

„Ach, Frau! Sie steht Dir nicht, die Rolle des Beichtvaters. Es ist so einfach: Ich kann jetzt nicht. Es sei denn, daß unsere

Geschichte zunächst einmal nur bis zu diesem ‚letzten Treffen' erzählt werden kann, von wem auch immer. Dann wissen wir vielleicht mehr über uns – und ich mehr für meine letzten paar Lebensjahre. Dann, so hoffe ich, werde ich auch erzählen können, was mir seit sieben Jahren den Brustkorb einzudrücken droht, um so mehr, als auch Du jetzt darauf springen, gar darauf herumtrampeln willst.
Laissez-moi, je t'en prie ! "

Oh jeh, nun beeindruckt er mich doch! Entweder drückt ihn schwere Schuld oder eine tief verborgene seelische Verletzung. Ich werde nachgeben, ihn nicht zwingen, als erster die Geschichte unseres ‚Bundes der Toleranten' zu erzählen. So werde also ich die Last übernehmen und mit dem Bericht über das erste Treffen, beginnen, die ersten „hellen Blüten" unserer Treffen aus 40 Jahren aufzuklauben.

Die zweite Geschichte:

Erstes Treffen der „Toleranten"
Gespräche über Revolution und Moral – 1960

Aschermittwoch in München. Nur ein paar Dekorationsfetzen hingen noch von der Decke herab, weiße Stoffreste, in der beliebten Schwabinger Wirtschaft, in der undenklich viele Jahre lang der „Weiße Fasching" gefeiert wurde. Eine Veranstaltung ohne den sonst üblichen Dekorations- und Verkleidungswahn, der angeblich die Faschingslust steigert, aber nur zu einer lächerlichen Konkurrenz ums „schönste", in Wahrheit teuerste Kostüm verleidet.

An den Weißen Fasching erinnere ich mich gern, nicht so an die Veranstaltungen in den völlig überfüllten Faschingshochburgen, in den großen, hochgeschossigen öffentlichen Gebäuden, wie dem Haus der Kunst, einigen Theatern und Unigebäuden. Da dröhnten in oft 3 Ebenen ebenso viele Kapellen, und die Paare und Einzelgänger mußten dort so an- und ineinander gedrückt tanzen, daß man sich Monate später über das vielfache Geschrei winziger „Faschingsgeschenke" nicht wundern mußte.

Unser Treffen, Konrad hatte es einberufen, war von all dem Faschingstreiben ebenso frei, wie von irgendeinem Katzenjammer danach. Es trafen sich da Menschen, die, wie man so sagt, schon den „Ernst des Lebens" kannten. Während ich noch ein Jahr Schule bis zum Abitur absitzen mußte, hatten sie alle die Schule schon hinter sich. Die meisten hatten ein Studium begonnen oder bereits absolviert.

Konrad war Kunstgeschichtler, er schrieb noch an seiner Dissertation, *Wilhelm* arbeitete als Assistenzarzt in der Zahnklinik, *Hiltrud* studierte zwei Fächer: Germanistik und Medizin, eine ungewöhnliche Fächerkombination, die kaum in beiden Fächern erfolgreich abzuschließen war. Schließlich war da noch *Heinz* Billmann, ein junger Werbekaufmann, der von Berlin stammte, vor 6 oder 8 Jahren nach München gekommen war, auch das Gymnasium besucht und Abitur gemacht, aber sein Volks- und Betriebswirtschaftsstudium nicht abgeschlossen hatte. Der lebte dann wieder in Berlin, wo er ein Geschäft „for Public Relations" betrieb. Für dies erste Treffen war er zu Besuch gekommen. Als einziger Nichtakademiker war *Werner* dabei, der in München Straßenbahnschaffner war, obwohl auch er Abitur gemacht hatte. Uns ließ er glauben, er müsse diese Arbeit wegen fehlender elterlicher Unterstützung als Werkstudent machen.

Konrad machte die Begrüßung. Seinem Temperament entsprechend und enttäuscht darüber, daß nur wenige seiner Einladung gefolgt waren, ist er gleich zornig geworden:

„Grüß Gott! Ihr paar Hanseln. Ich dachte, daß wir mit der geballten Kraft vieler Abihirne über unsere menschliche und berufliche Zukunft und über unseren Alltag und seine Probleme reden würden, vor allem darüber, ob er mit Vernunft, Anstand und Moral gelebt werden kann. Und jetzt das: nur wir fünf, von zuletzt 18 Abiturienten allein in unserer Klasse - plus der Schülerin Gisela als Gast. Direkt an Scheißdreck!"

Werner, aber wohl nicht nur er, hatte bemerkt, daß der, der von Anstand und Moral geredet hatte, im Begriff war, in Fäkaltöne zu fallen, und so fauchte er ihn an:

„Was sagst Du ‚Arschloch'? Hat man uns denn nicht in der Schule, jeden von uns, der ernsthaft lernte, so genannt, ja uns alle als ‚Scheißdreck' angesehen? Sind wir denn da nicht schon isoliert gewesen unter den Schülern und gefürchtet von den Lehrern? ‚Arschlöcher' waren das nicht wir für die „Mehrheitsgymnasiasten", für diese Sportler und Wichser?!"

Etwas schwerfällig, aber wie mit der Schärfe seiner Berufswerkzeuge fiel nun auch Wilhelm über den Banal-Moralisten Konrad und zugleich über den präzis sensiblen Werner her:

„Oh bitte, bloaß ned den olden Schmarrn aus d' Schul aufwärme, sonst lad i Euch ein, in d' Zahnklinik z'komme. Woas für a Freid für mi, Euch nachern alle Zähne zum zieagn, damits Ihr koan Schmarrn mehr verzapfa kennts!"

Darauf wurde Heinz, der „Fremde", zornig und „drohte":

„Verehrte Mundartler: Darf ick Euch ersuchen, Buchdeutsch zu reden! Wenn Ihr det nich könnt oder wollt, denn balinre ick. Denn ersauft Ihr inner Baliner Flut!"

Damit sprach der „oida Preiß" etwas Selbstverständliches aus, das man selten wahrhaben will: Will man sich verständlich machen, ohne die flegelhafte Forderung an d' Fremd'n, „g'fälligst unsere Sprache zu lernen", sollte man in einer Gruppe, in der auch nur ein „Fremder" ist, eine für alle verständliche Sprache benützen: „Hochdeutsch" - vielmehr Buchdeutsch, wie die Schweizer sagen. Eine „hochdeutsche"

Bevölkerung gab und gibt es ja nicht. Den Ursprüngen der deutschen Gemeinsprache nach müßte man von Mitteldeutsch, ja von Sächsisch sprechen. Man vermeidet das. Etwa aus Angst vor Lärm aus Bayern und Berlin oder aus Hannover?!

Allerdings hat Konrad, darauf hingewiesen, daß im Dialekt auch die Widerstandskraft gegen normierte Sprachen steckt, etwa gegen den Nazi- und Wehrmachts-, sicher auch gegen den SED-Jargon. Er nannte als ein kleines Beispiel den Gruß seiner Lehrerin, die ihre 1. Klasse 1943 mit „Grüß Gott, Kinder" und nicht mit dem verordneten „Heil Hitler" begrüßte.

Wilhelm fühlte sich angesprochen und wollte aus praktischen Gründen: der Verständlichkeit wegen, auf Dialekt verzichten:

„Unserne Sprache un a den Dialekt von Heinz verstenga ja doch bloß die jeweiligen Einheimischen, dabei wolln wir doch im ganzen Deitschland und au in dera Schweiz un in Österreich verstanden wern."

Heinz, nun wieder, bellt beleidigt los, weil er Wilhelms Kennzeichnung des Berlinerischen in den falschen Hals gekriegt hat:

„*So, Berlinerisch is also een Dialekt und Euer krauses Baierisch soll ne ‚Sprache' sin. Det heeßt die Dinge ufn Kopp stelln!*"

Daraufhin hat Konrad versucht, einen Streit um Sprache oder gar eine Schlägerei unter Freunden, scherzhaft, von uns Frauen aus gesehen: mit macho-hafter Frechheit, abzuwenden:

Sanft und energisch zugleich bat er:

"Hiltrud, Gisela zieht mal, bitte, Eure Pullis hoch und die BHs darunter weg!"

Wir tatens. Ohne Widerstand.

Konrad verharmloste lächelnd:

"So, Jungs, damit Ihr, statt Blödsinn zu reden, was Schönes seht."

Ja, sie waren was Schönes, unsere „Titten", und nicht nur für die Kerle. Man sah das damals so, ich, erst 17 Jahre alt, auch. Ich hielt meine Brüste für „Paradiesäpfel", mit denen ich mich wortwörtlich „brüsten" und die Buben anlocken konnte. Hiltrud aber war, glaube ich schockiert, obwohl sie mitgemacht hatte. Sie hätte, wie ich sie kannte, niemals mit einer Entblößungsaktion Politik gemacht, wie später die SDS-Frauen vor dem Philosophen Adorno.

Sie war Konrads Wunsch gefolgt und protestierte auch nicht im Nachhinein, sondern lenkte mit abruptem Schwenk ins „Denken" vom Körperlichen ab und begann, über ihre eigenen Gedanken zu Vernunft und Moral zu sprechen. Es war ihr ernst, ernster als einer gläubigen Katholikin die Beichte ihrer Faschings-Sünden.

"Für Euch Trottel ist aber weniger weibliche Schönheit nötig, als vor allem die Vernunft emanzipierter Frauen. Ihr solltet Euch beteiligen an wichtigeren Aktionen als an Busenschauen. Für die Masse der Menschen besteht ja noch kaum Klarheit darüber, wie ungerecht das Verhältnis zwischen Mann und Frau im Privaten wie im Gesellschaftlichen ist. Kaum Aussichten darauf wie es sein könnte, und noch weniger solche,

wie es sein sollte. Um da etwas zu ändern, in Bewegung zu setzen, hilft kein Glotzen aufs weibliche „Fleisch", kein Onanieren drauf, kein Jammern nicht und keine Schulnostalgie! Ich schlage zur Vorbereitung künftiger Aktionen vor, ein Bündnis zu schließen, allein für uns und (zunächst noch) ausschließlich für eine individuell-revolutionäre Lebensgewinnung, für die ich allerdings noch keinen Namen habe."

Man ließ es sie gleich spüren, daß man ihre rigorose Ernsthaftigkeit für Phrasendrescherei hielt. Heinz gab ihr als erster „Pfeffer":

„Wat solln det sin? Rewolutionär un indifiduell in eenem? Solln mern Uffstand machn, jeder für sich un alleene, wenn se uns de Butter un's Brod verteuern un de Mieten anheben, solln mer denn Fensterscheiben inschmeißen mit kleenen ‚indifiduellen' Steenchen, un solln mer mit diese Steene och ‚persönliche' Mini-Barrikaden bauen, nach dem Vorbild der 48er Revoluzzer, die ja bekanntlich damit ooch nich weiterjekommen sin?"

Konrad schloß sich an und spottete, daß wir, harmlos wie wir sind, wohl zu wenig in ein solches Bündnis geben könnten! Vielleicht ahnte er, daß das nur vom guten Willen vor allem der Männer abhinge, wie Hiltrud sogleich replizierte.

Aber auch Wilhelm, der Zahnarzt, formulierte Widerwillen und Widerstand, wegen seiner beruflichen Karriere und wegen seines betont privaten Glücksstrebens.

„Also, für das, was ich mache und weiter vorhabe, werde ich mich um solch inhaltsleere Bündnispflichten nicht scheren!"

Er legte auch gleich den Finger in die Wunde von Hiltruds leichtfertigem Gebrauch des Begriffs „Revolution", nannte ihn zu Recht leer und glaubte deshalb nicht, daß ein leerer Revolutionsbegriff durch persönliche Füllung, und sei sie noch so verantwortungsvoll und bewußt, zu einer „individuell-revolutionären Lebensgewinnung" führen könne.

Leider verwendete er wie Hiltrud das Wort Revolution für den geschichtlichen ebenso wie für den individuell menschlichen Bereich. Wie sie, benannte er Begriffe grundverschiedener Sphären mit ein und demselben Wort. Auf (seine!) Geschichtserfahrung stützte er seine heftige Kritik an Hitruds Argumenten. Dabei verstößt er sowohl gegen erkenntnistheoretische Grundlagen der Geschichtswissenschaft wie gegen das alltägliche Erfahrungswissen, wenn er die von Hiltrud geforderte individuelle Revolutionierung mit einem knappen Blick ins Geschichtsbuch ad absurdum führen will:

„Außerdem haben in der Geschichte Revolutionen ihre Ziele kaum erreicht. Sie waren - nach Hekatomben von Opfern – bestenfalls nur ein paar Schritte weg vom ‚alten Zustand', hier in München habens unsere Alten ja erleben und erlernen können. Auch hier hat schließlich das 18/19 so revolutionäre Volk den Massenmörder Hitler gewählt."

Diese Bemerkung mag durchaus ihre Berechtigung für geschichtliche Erkenntnis haben, eine individuelle Lebensentscheidung vermag sie nicht zu treffen. So vermischte auch Hiltrud kategorieal unterschiedene Sphären. Man könnte gar formulieren, daß ihr Vorschlag individueller Revolutionen entweder verwahrlostem Denken entsprang, wenn sie den Begriff, der nur als sozialer und geschichtlicher korrekt gebraucht werden kann, als individuellen gebrauchte. Schlimmer noch wäre es, wenn sie ihn – freilich fahrlässig – und entgegen ihrer Intention, so gebrauchte, wie er seit langem schon als Werbeslogan mißbraucht wird. Wilhelm trieb sich, trotz seiner Ablehnungen, ebenfalls im Umkreis des Mißbrauchs herum, indem er private und geschichtliche Revolution gleichsetzte und aus geschichtlichem Mißerfolg die Garantie des privaten Mißerfolgs ableitete. Mit geschichtlich wie privat zugleich geltenden sozial- und naturwissenschaftlichen und psychologischen Begriffen wie: „sich ändern, verändern, anpassen, entwickeln" usw. hätte man – vielleicht – zu positiven, d. i. alltagstauglichen Vorstellungen, Ein- und Ansichten, vielleicht auch Handlungsanweisungen kommen können, das bloße Revolutionsgerede hätte sich dann tot gequatscht.

Zwar hielt auch ich die individuelle Revolutionierung für möglich und nötig, machte aber, über Hiltruds Gedanken hinaus, praktische Vorschläge:

„Na, ich wäre schon glücklich, wenn wir unser Alltagsverhalten ändern würden, vom Haushalt bis zum Bett. Wenn sich vor allem Rolle und Bild der Frauen in Familie und Gesellschaft revolutionieren ließen."

Konrad reagierte mit einer Mischung aus Spott und erzreaktionären Gemeinplätzen auf meine – weibliche – Forderung, mit einem Spott, hinter dem die Angst vor sozialer und geschlechtlicher Depotenzierung durchschien:

„Ah, da ist die Katze aus dem Sack: Revolution der Individuen ist für Euch vor allem Frauensache. Dabei erwähnt Ihr *nichts vom traditionellen weiblichen Terrain, nichts von Heim und Haus und der Kindererziehung dort, nichts von der Pflege von allem Schönen und Gutem in Familie und Gesellschaft und dem Drumherum. Das alles solln wohl in Zukunft wir besetzen."*

Heinz, schloß sich an und fand von den Kerlen auch die rabiatesten Sprüche, mit denen er unsere „weiblichen" Positionen angriff:

„Na, da würd ick schon mal jerne hörn, wat die philosophischen Damens und Revoluzerinnen mit die Wirtschaft un mit die öffentlichen Ämter anstelln wolln, un wer von sie dahin abjeordnet wird und denn alle weiblichen Pflichten sausen läßt. – Na, ick weeß schon, wer dann die zusätzliche Drecksarbeit machen soll – wir: Wir sin ja schon seit Adam an jede Arbeit jewöhnt!"

Hiltrud schoß gezielt zurück: sozusagen zwischen die Beine der Herren, fuhr dann aber mit ihrer Revolutionsrhetorik fort:

„Ach, Männer-Sprüche wie aus Vorstand und Casino. Da müssen wir allein schon von uns, vor allem von unseren Männern, Berge von konventionell-emotionalem Schutt wegschaufeln, ehe wir uns als Individuen erfahren können, die fähig wären, sich zu revolutionieren, wie auch immer. Von Euch selbst bräuchten wir dabei nicht viel zu erfahren: Eure Masken fallen wie Eure Hosen von allein herab unterm weiblichen Blick".

Als Hiltrud keine neuen geistreichen Gedanken fand, gab sie – wohl in Reaktion auf den Widerstand gegen ihre ursprünglichen Theorien – eine Probe unfreiwilliger Komik mit der Einführung des Begriffs „transrevolutionäres Handeln". Sie erwähnte allerdings auch die notwendige, ihr schwierig erscheinende, sexuelle „Befreiung", ohne irgend zu erläutern, wie die aussehen sollte. Phrasen wie „Wiesen blühenden Flachsinns" (so treffend, aber gemein: Heinz) waren ihre nun auch noch folgenden Anstandsregeln. So blieb manchem von uns nur, stumm zu widerklagen oder in sich hinein zu lachen.

Hiltrud aber hörte nicht auf, uns zu belehren oder uns wenigstes zu beeindrucken:

„Mir ist auch klar, daß geschichtlich-politische Revolutionen auf unsere Taten und Pläne keinen Einfluß haben sollten – nicht einmal im emphatischen Sinn. Und deshalb spreche ich ausdrücklich von dem revolutionären und transrevolutionären Handeln des jeweils Einzelnen. Wir sollten halt bekannte Reforminhalte übernehmen, zum Beispiel die von Sartre/de Beauvoir, für eine befreiende Abkehr vom bürgerlichen und kleinbürgerlichen Lebens- und Erziehungsstil (daß sie vor kurzem erst von mir mit dem französischen Philosophen und dessen Lebensgefährtin bekannt gemacht worden war, verschwieg sie). Selbst wenn nicht mehr als eine Lockerung der Lebensführung, und eine freundschaftliche Moral dabei herauskommen.

Immer noch schwierig und von Gefühlen ebenso überschwemmt wie von traditionellen Rollen, wird auch für uns die sexuelle Befreiung der Frauen und der Männer sein. Bei allen Schwierigkeiten und Konflikten: untereinander sollten wir aufrichtig und offen sein, so weit wie möglich, auch mit allen Men-

schen, einschließlich der elenden Politiker und Journalisten. In unseren Handelsgeschäften sollten Anstand und Ehrlichkeit Maxime sein, wobei bestimmte Vorstellungen, wie auf diesem Terrain so etwas wie Moral wachsen und gedeihen könnte, sicher erst in einer revolutionierten Gesellschaft vorstellbar sein werden. Doch hoffe ich, daß uns gerade das, was gesellschaftlich noch nicht möglich ist, verbindet: als Verpflichtung zu individueller und reflektierter Ehrlichkeit und Offenheit."

Konrad, der Kunsthistoriker, dem man politökonomische Kenntnisse nicht zugetraut hätte, griff Hiltruds wie nebenbei verwendeten Ausdruck „Revolutionierte Gesellschaft" auf und polemisierte auf seine Weise gegen ihren Individualrevolutianismus: Er hielt es für nötig, uns bekannt zu machen mit der kapitalistischen Warengesellschaft. Es werde da lediglich nach Profit, nicht nach Bedürfnissen produziert und distributiert (verkauft). Er ließ uns „staunend" vernehmen, daß es für eine demokratische Revolution Revolutionäre wie etwa Rosa Luxemburg bedürfe. Er schoß Salven von Wut und Verachtung ab gegen die Sozialdemokratische Partei (deren Namen er umschrieb) und polterte mit einem Spruch des Sozialphilosophen Adorno gegen Hiltruds individuelle Revolutionierung, wonach es kein „richtiges Leben im falschen" gäbe. Den Spruch kannte von uns niemand. Er war geeignet, die Diskussion abzuwürgen.

Und genau das tat auch Wilhelm, obwohl er vorgab, noch einmal kritisch auf Hiltruds Theorien eingehen zu wollen:

„Ach, die Frauen selbst werden unter der Last ihrer Postulate zusammenbrechen! Wenn zum Beispiel Hiltrud, um

Vorbild zu sein, sich an einen Moralkanon zu halten versucht, wird sie sich, in der Realität in Widersprüche verstricken. Wenn sie dann, weiter sich selbst betrügend, annimmt, sie folge noch immer treu ihren Forderungen nach ‚individueller Revolutionierung' kann das schließlich auch zu Wahnvorstellungen und/oder zu einem hysterischen Zusammenbruch führen."

Konrad tat Hiltruds Idealforderungen ab als bloß persönliche, ja, als nichts als eine „Lebens-Küchenphilosophie". Er versuchte Wilhelm auf die Seite zynisch-gleichgültiger Männlichkeit zu ziehen, der „Weibergewäsch" zum einen Ohr hinein und zum anderen hinaus geht.

„Was redest Du Dich in Rage, Wilhelm? So wie ich Deinen Verriß verstehe, würdest Du ihren Ansichten ohnehin nicht folgen. Kann Dir doch egal sein, ob Sie an ihren Theorien zugrunde geht oder nicht."

Wilhelm flüsterte wie mit unterdrücktem Schrei zurück: *„Ist es aber nicht!"* –

Blitzartig wurde mir klar, daß es zwischen ihm und Hiltrud, diesen beiden Menschen mit gegensätzlichen Denkansätzen und Lebensansichten, die ihnen so gewiß wie mir psychische und geistige Schmerzen bis zum Unerträglichen bereiten mußten, daß zwischen ihnen eine Kraft wirkte, die alle Gegensätze auf einer anderen Ebene als der des Denkens, des Willens und des rationalen Handelns auflöste. Ich konnte nicht anders, als es zu benennen, was unter diesen Kopfmenschen, wie ich fürchtete, verpönt war.

Noch war ich ein „Kücken". Vielleicht gab das mir den Blick für Gefühle, Gefühle, die auch mich bedrängten, denen ich aber Raum nicht geben wollte, bis ich mein Leben „gerichtet" (ihm eine Richtung gegeben) hätte. Und so sagte ich diesem Zahnarzt, was ich fühlte und dachte:

„Wilhelm, Freund, Du liebst sie, ja?
Willst sie vor sich selbst retten? Ach, das wird Dir nicht gelingen, mußt sie, wenn sie Dich auch will, nehmen wie sie ist. Ändern wird sie sich nur, wenn sie mit dem Leben zusammenrasselt."

Nun ließ auch Hiltrud ihren Gefühlen freieren Lauf, machte allerdings erst mich noch so klein, wie ich vielleicht dem Alter nach war, aber dann gestand sie, das Moralwesen, dessen jedes zweite Wort „revolutionieren" und ähnliches war, ihre Liebe zu Wilhelm ein, auch und überraschend für uns alle, mit Worten für Körperliches:

„Sie kuppelt, das Kücken! Dabei wär das gar nicht nötig gewesen. Ich hätte mir Wilhelm ohnehin ‚erobert': als Freund, als Mann oder auch nur als Bettgenossen. Ich mag ihn schon seit der Schulzeit, mag seinen stillen Fleiß, seinen freundlichen Umgang mit den Menschen und seine kräftige Erscheinung!"

Und nun Wilhelm, der intellektuelle Antipode dieser Frau, ihr schärfster Kritiker: Er erwiderte ihre Liebeserklärung, so als sei dies eine Liebe auf den ersten Blick, eine Blitzliebe, die wir alle von ihr wie von ihm, noch dazu zueinander, für unmöglich gehalten hatten. Doch scheint, Hiltrud hats mir später angedeutet, schon in der Schule „etwas gelaufen zu sein", wohl untergründig, sicher dann auch in den fast sieben Jahren nach dem Abitur. Wilhelm erwähnte dergleichen nicht. Er war jetzt, was mich berührte, ganz Liebender, schon mit der Gestik des Liebhabers: Er legte seine Arme um Hiltrud, sagte ohne Rückhalt, daß er ihre Liebe erwidere und ihr Liebe geben werde:

„Ich freu mich! Ich möchte Dich umarmen, mit Dir reden, und mehr. Komm mit nach nebenan! Auch Freunde müssen nicht alles mitkriegen."

Beide, fest umarmt, verschwanden in einem Nebenraum. Wir klatschten ihnen Beifall, doch auch der Satyr meldete sich, Heinz, die Berliner Kodderschnauze:

„Ist das hier jetzt ein Heiratsmarkt oder was?"

Konrad versuchte, den Schelm dazu zu bringen, seine Beziehungen zu Frauen oder zu einer Frau offenzulegen:

„Scheint so, Icke. Und jetzt solltest Du Farbe bekennen und von Deinen Heirats- oder Liebeswünschen sprechen!"

Der spreizte sich zunächst mit ein paar Worten, deckte aber dann mit brutaler Offenheit seine Instrumentalisierung des entblößten weiblichen Körpers für Geschäfts- und Werbezwecke auf. Es klang wie ein Geständnis vor Gericht nach Verlesung der Anklage wegen Menschen- und Frauenverachtung, kommerzieller Zuhälterei und Menschenhandel, war aber nichts anderes als Offenlegung des noch immer straffreien Umgangs mit Frauen und Mädchen, wogegen Feministinnen, und nicht nur sie, seit Jahrzehnten anrannten:

„Wat denn, willste mir vahörn? Ick sachet Dir schon freiwillich. Ihr wißt ja, det ick een Jeschäft ha for Public Relations,

det is de Jrundlage für jede Werbung, da muß ick ne präsentable Frau habn, eene, die in de Werbewelt paßt. Schöne muß se sin, überirdisch schön, wie jemacht for een Titelblatt: janz dünne oder wenigstens schlank, keen ausladendes Becken, un doch 'n kräftchen Arsch, dann den Rumpf hoch schmale Schultern und 'n schmaln Brustkorb, trotzdem noch jroße Titten, nur hängen dürfen se nich! Sowat jibt es sehr selten inne Natur, sowat wird meist von Schönheitschirurgen erst herjestellt."

Tüchtig Prügel und eine schmerzhafte, lebenslange Strafe hätte der Bursche für derart Frauenverachtendes verdient. Nun ist er schon tot, damals hats mir die Sprache verschlagen. Ich konnte nur - halb ironisch, halb ernsthaft - fragen:

„Und solch ein Monstrum möchtest Du womöglich heiraten. Kennst Du denn so eine Frau?"

„Aber ja!,

Nur det bei sie allet Natur is, sie hat et nich nötich, sich ufzumöbeln! Sie is ne Tänzerin un reist mit ner Truppe (sie nennt's Companie) durch Europa und will ooch nach Amerika. Ick ha se aber hier schon jesehen, bei ne Privatvorstellung, inne Wohnung von een Jroßkopfertn. Als se da ümmer im Kreis rumjehuppt is, ha' ick mit meene Quanten ihre ßarten Füßchen umklammert un nich mehr losjelassen, bis ick se von de Bühne runter un in meene Arme hatte. Un jetzt simmer een Paar, un ick koof ihr allet, wat se will. Und wenn se allet hat, sacht se, ‚ach' sacht se, ‚Henzilein, ich will doch nur deine Liebe'! Aber'd Jeschäft blüht und überschlächt sich fast, wenn ick ihr Porträt, Janzkörper oder ooch nur Bruststück, natürlich *nakkich - ‚nackert' wie ihr hier sagt - für meine Broschüren oder Fotos verwende."*

Hiltrud war in diesem Moment nicht da. Sie hätte dem Schmutzfink und Ausbeuter des weiblichen Körpers - und damit auch der Seele und des Selbstbewußtseins der Frau - gründlich Bescheid gestoßen, ihm womöglich ausgeschlossen aus unserem Kreis.

Werner sprang sozusagen für Hiltrud ein, und schalt den Geschäftsmann Heinz:

„Anscheinend gibt es für Dein Geschäft nicht die geringsten moralischen Grundsätze, wie sie Hiltrud genannt hat, nach denen wir nicht nur als Privatmenschen leben, sondern auch geschäftlich handeln sollten."

Scharf prangerte der zarte Werner den Umgang dieses Geschäftsmannes mit Frauen an. Eine ekelhaftere Instrumentalisierung und Bloßstellung der eigenen Freundin in der Werbung habe er noch nicht erlebt. Unbegreiflich war ihm, daß Heinz auch noch stolz auf die so erlangten Geschäftserfolge sei und daß er die Mißachtung und Unterdrückung der Frau geradezu feiere.

Offensichtlich spürte Heinz, daß er mit seinen Sprüchen ins Abseits gerutscht war, und so versuchte er, sich mit allerlei durchtriebenen und geklauten Argumenten und mit primitiven Gegenangriffen aus der Patsche einer möglichen Isolierung zu ziehen. Mit seinem klebrigen Geschwätz geriet er aber nur noch tiefer hinein.

Bei den Firmen meiner Branche gilt Moral als schädlich fürs Geschäft. Ich aber möchte anknüpfen an den ‚ehrbaren Kaufmann' der Hanse...".

Mehr schamlose Lüge und Frechheit ließ Konrad nicht zu, verallgemeinerte aber die Kritik an Heinzens Ergüssen und machte daraus ein kleines Stück glänzender Rhetorik, in der er sich sonnen konnte. In perfekter Ironie „bewunderte" er die „Moral" der doppelte Zunge von Heinz und „rühmte" sie im Stil eines Ausrufers von Markt oder Zirkus.

„Hier, Herrschaften, ist zu sehen, wie ein großer, bedenkenswerter und aufrichtiger Entwurf einer verbindlichen Moral mit Grundzügen einer Anleitung zur bewußten Lebensführung von der kleinen Gruppe junger Leute, für die er gedacht war, trivialisiert und schließlich auch für die beliebige Handhabung z.B. in der Warenwelt, entstellt und bereitgestellt wird."

Hiltrud erschien, als sie mit Wilhelm wieder zurückkam, wie verwandelt, locker in Gang und Mimik. Lächelnd legte sie ihre schönen langen Hände in die unseren, vergaß aber nicht, ein knappes Resümee der Mühen während unseres Treffens zu ziehen:

„Trotz oder auch wegen kritischer Vorbehalte, glaube ich, daß wir uns zu einem „Bund" zusammentun können und – wenns nötig ist – auch verschwiegen moralisch handeln werden. Wer meint, die „Moral" sei in einem Freundschafts-Bund überflüssig oder ihm nur lästig, kann sich an die offene Lesart halten und so tun, als sei für den Bund wie für ihn als Person Moral selbstverständlich durch Herkommen, Erziehung und

Bildung. Ob wir aber daraus jetzt schon Regeln und Verhaltensformen ableiten können, ist natürlich fraglich.

Wir alle aber sollten den Vorsatz fassen, uns, ähnlich wie zu einem Familienfest, alle 10 Jahre zu treffen. Entschieden sollten wir wenigstens für **ein** moralisches Gebot eintreten, das manchem das wichtigste sein mag, das Gebot der Toleranz. Es hat in Lessings „Nathan der Weise" literarische Gestalt bekommen. Die Galle kommt mir hoch, wenn ich daran denke, daß in Bayerns Schulen der „Nathan" kaum gelesen wird, aber noch übler wird mir, wenn ich an eine Episode während meines Literaturstudiums denke: Ungerügt von ihren akademischen Lehrern wurde da von einer Studentin, die sich betont christlich gab, für „Aufklärung" das ekelhafte Schmähwort „Aufkläricht" gebraucht. Dies Unwort deutet auf eine entsprechend menschen- und wissensfeindliche Gesinnung an (einigen?) bayerischen Schulen- und Hochschulen hin: auf dumpfe Gegenreformation oder gar auf die Virulenz nationalsozialistischen Propagandaguts (von NS-Propagandaminister Goebbels stammt, glaube ich, das Unwort).

Zorn beiseite: Ich schlage vor, daß wir uns in einem „Bund der Toleranten" mit Lessigs Generaltugend einen Sinn geben, der eine sonst nur individuell zu füllende Leere überstrahlt. Laßt uns schwören und befestigen: immer und zu jedermann und gegenüber jeder Weltanschauung/Religion Toleranz zu üben!"

Alle hoben – stumm – die Schwurhand.

Dann aber, leicht in Gang und Gesten, offensichtlich im Gefühl, ihre „Arbeit" zu einem guten Ende gebracht zu haben und sich hingeben zu können in die Arme Wilhelms, sagte Hiltrud Worte, die wir von ihr bisher nicht gehört hatten und später auch nicht wieder von ihr hörten:

„*Wißt Ihr, daß in ein paar Wochen Frühling ist, soviel Grün und die Blumen und der nur hier, bei uns in Oberbayern, so blaue Himmel! Es ist natürlich zu früh, aber laßt uns doch in dieser verräucherten Wirtschaft in den Frühling tanzen, in einen Frühling auch unseres Bündnisses. Und wenn Ihr nicht tanzen wollt oder könnt, dann spielt! Da im Regal liegen Brettspiele, auch ein „Mensch ärgere Dich nicht" ist dabei. Und im Saal haben sie schon wieder die Billardtische aufgebaut. Bälle, für draußen zum Spielen, san a da. Oder wenns Ihr gar so fad seids, dann freßt und sauft. Man kann ja dies alles hier in dem München – wenns nur so bleibt."*

Dann kam sie zu mir, umarmte mich und flüsterte:

„*Vielleicht kann ja auch für Dich von hier was ausgehen: Konrad kann die Augen nicht von Dir reißen!"*

Ich bin rot geworden, bis auf die Knie hinunter; sagen konnte ich nichts. Aber ich konnte mich noch nicht binden: ich war ja noch nicht volljährig; da gabs auch 1960 noch kein Zusammenziehen, keine Vermietung an Unverheiratete - wegen des sog. Kuppelei-Paragraphen. Ja, mir gefiel Konrad! Aber ich mußte mich aufs Abitur vorbereiten, was mich nach den verbummelten Schuljahren sehr anstrengte. Später, während meines Studiums, das mich befähigen sollte, Menschen zu helfen, produktive, nicht bloß imaginäre Freundschaften aufzubauen, ächzte ich schließlich vergeblich unter der großen Menge, der an der Politik- oder der Wirtschaft orientierten konsumistischen sog. „Sozialwissenschaften".Ich fand bei ihnen keine Anleitungen für soziale Projekte. Ungeeignet für menschliche Hilfe war die neueste Entwicklung einer reine Zählwissenschaft (Demoskopie), die, so liefen die Gerüchte, alles legitimierte, was bezahlt wurde. Ich behalf mich dann mit dem Studium der Psychologie, wo ich allerdings wichtiges Wissen für meine Pläne mehr eigenen Studien als den „amtlichen" Vorlesungen und Übungen verdankte.

Als ich begann, mein Betreuungsprojekt für straffällig gewordene Jugendliche aufzubauen, lief mir Konrad wieder über den Weg. Wieder schlug mein Herz höher, und meine Augen füllten sich mit Tränen. Es war unvermeidlich, daß wir ein Paar wurden. Schon bei meinen stummen Vorbehalten damals in Schwabing, hat, glaube ich, Konrad gefühlt, was in mir vorging.

Die dritte Geschichte:

Zweites Treffen der „Toleranten"
Eine Hochzeit - Ein tolles Haus und eine Scheidung – 1970

Es hilft nichts: Wieder muß ich eine Geschichte der „Toleranten" allein erzählen, die Geschichte unseres 2. Treffens. Immerhin kann ich dabei auch jenen Freunden, die inzwischen gestorben sind, Stimme geben und mit Trauer und Schmerz ihre Taten und Gefühle wieder aufleben lassen: Heinz, die Hauptfigur dieses Treffens, ist tot, vor ihm starben Wilhelm und Werner. Daß Hiltrud noch lebt, kann ich lediglich vermuten, ihrem Schicksal kann ich aber später erst nachgehen.

Auch Konrad, mein Mann, fällt aus: Er will nicht, und ich will nicht, daß er die Geschichte unseres zweiten Treffens erzählt. Dann also wieder die gute alte Gisela, sie nannten mich vor ein paar Jahren schon die „soziale Alte". Es klingt wie „komische Alte", die ich nie sein wollte. In Konrad war ich schon als Abiturientin verliebt. Dann war er mir, als ich in München ein Praktikum absolvierte, an einem „goldenen Herbsttag" auf der Leopoldstraße über den Weg gelaufen. Von da an haben wir die Abende und Nächte, oft auch auch helle Tage miteinander verbracht. Konrad hatte in München Kunstgeschichte studiert und war jetzt angestellt als Kustos an einem der großen Museen. Selbst schon ein Mann großer Kenntnisse, schwelgte er in der Fülle der ausgestellten und ihm nun zugänglichen Werke - auch in den Depots. Er ließ mich teilhaben an seinem Überschwang und nahm mich mit in die Museen, wo er mich in einen Rausch von Farben und

Linien beim Betrachten und Erklären der Bilder hineinzog. Manche Gemälde des 18. Jahrhunderts, vor allem solche mit hoch und wild aufragenden Gebirgsmotiven, die ich ohne ihn wohl als „Alpenschinken" herabgestuft hätte, hat er mir mit Erklärungen noch der kleinsten Einzelheiten gedeutet als bildlich verborgene Darstellungen der Vorrevolution oder der Revolution und schließlich der nachrevolutionären Trauer, die heutzutage auch in der Fachwelt als romantischer Rückblick auf die verlorene Revolution wahrgenommen wird – so zum Beispiel in der Malerei Caspar David Friedrichs.

Mehr noch als der Kunsthistoriker Konrad imponierte mir der Handwerker, der, eine Familientradion fortführend, sich neben dem Studium als Tischler ausbildete und auch sonst handwerklich geschickt arbeitete – versorgt mit Werkzeug und Hilfsmitteln aus den aufschießenden Baumärkten.

Noch bei unseren Eltern galt es vermutlich als unanständig, zumindest als ungewöhnlich, wenn eine Frau einen Mann bittet, sie zu heiraten. Ich habe Konrad darum gebeten. Er war mehr als ein annehmbarer Mann, einer mit Kopf und Hand, auch wollte ich nicht, daß eine Schwabinger „Schnalln" oder ein Möchtegernfilmstar aus Geiselgasteig, die er vor mir nicht verachtet hat, ihn mir wegschnappt.

Es gibt nicht viel von der Hochzeit, ihren Vor-und Nachbereitungen, zu erzählen. Nur dies: Die Hochzeitszeremonie fand am 10. November 1975 im Standesamt I in München-Schwabing statt. Wir haben sozusagen klammheimlich geheiratet; weder Konrads Eltern hier in München, noch meine Mutter (einen Vater hat' ich nicht) in Reichertshausen, nördlich von München, hatten wir eingeladen. Es sollte der sachliche Vollzug durch das Gesetz sein für eine feste und erprobte Bindung. Allerdings: Wieviel und welche Gefühle mit dieser Vernunftheirat verbunden waren, verschwiegen wir uns damals wechselseitig.

Die Trauung war schön, heiter, unbürgerlich: Den Weg zum Standesamt gingen wir zu Fuß, von der Rheinstraße unterhalb des Schwabinger Krankenhauses ab, wo Konrad seine Wohnung hatte, hinüber zu den entlaubten Herbstbäumen des Englischen Gartens, durch die eine grelle Fönsonne ungehindert hindurch feuerte. Wir bogen beim „Milchhäusel" in die Veterinärstraße, wandten uns gleich nach links und standen nach ein paar Schritten vorm Standesamt. Dann warteten wir, gut, aber nicht im üblichen Hochzeitsstaat gekleidet, vor dem Saal, in dem wir verheiratet werden sollten, auf die Trauzeugen: die Freunde Heinz und Werner. Sie tauchten verspätet auf, aber nicht wegen irgendeiner Bummelei, vielmehr hatten sie warten müssen auf die Kutsche, mit der sie kamen: mit dieser weißen (Hochzeits-)Kutsche, die, bespannt mit zwei Gäulen, von jedermann bewundert, noch immer tagtäglich durch den Englischen Garten fährt. Sie hatten die Chaise für uns gemietet, ein Hochzeitsgeschenk ganz besonderer Güte, Eleganz und Freundschaft. Die Trauung konnte nun, allerdings mit über einer Stunde Verspätung, beginnen. Ein Paar ums andre war uns schon vorgezogen worden, und um ein Haar hätte die Zeremonie in die nächste Woche verschoben werden müssen. Aber dann ging alles locker über die Bühne, der Standesbeamte fand freundliche Worte, ohne sich bei Moralvorschriften lange aufzuhalten. Dann aber: hinein in die Kutsche, wieder rein in den Englischen Garten, mit leichtem Trab vorbei am von oben herübergrüßenden Monopteros und mit schon spürbar Tempo machendem Galopp zum Chinesischen Turm. Dort machte man halt, und wir stiegen aus und konnten in unvergeßbarem Vergnügen das einmalig himmelsschöne Karussell eine Runde lang genießen. Auch daß es für uns aufgemacht worden war, hatten die Freunde bewirkt, mit welcher Bestechungsart auch immer. Dem Kutscher hatten sie eine Maß Bier spendiert, fürs Warten, dann gings weiter, bis zum Rand des durch den Mittleren Ring eingezwängten Englischen Gartens. Der Kutscher hatte uns, entsprechend seiner üblichen Tour, ins „Seehaus" fahren wollen, wir aber drängten ihn in die Osterwaldstraße, in die Wirtschaft Osterwaldgarten, in deren schmalem Biergarten wir sommers oft gesessen waren. Mit den Trauzeugen aßen und tranken wir, das Beste, das diese einfache Wirtschaft zu bieten hatte, wobei wir entzückt waren von einer für Münchner Verhältnisse überaus freundlichen Bedienung.

Die eigentliche, die abendliche Feier hatte Konrad – mit Freunden und Freundinnen aus seinem beruflichen Umfeld – vorbereitet. Es wurde eine schöne Sauferei und Fresserei, für die er mit seinen Helfern viele Stunden geschnippelt und gekocht hatte. Als das Fest zu Ende war, am anderen Morgen, als ganze Fuder von Salaten und Berge kalter Schnitzel und Bratenstücke, samt Brot und Kartoffelsalat, vertilgt waren, als Wein und Bier, Wasser und Säfte durchgelaufen waren durch geschwollne Lebern und vernebelte Hirne und Ströme von

Harn hinterlassen hatten, sah ich, vom Fenster aus, im Morgendunst zwei letzte Gäste verschwinden. Sie schwangen mit ihren schmalen Ärschlein von der einen auf die andere Seite der sich flach hinziehenden nördlichen Leopoldstraße, so lange, bis mir schien, als habe der Wind zwei dürre Halme verweht.

Das Treffen zum zweiten Jahrestag der „Toleranten" verlief zwar so schön nicht, ließ zum Schluß aber doch Hoffnung aufkommen auf eine Balance zwischen Glück und Unglück im Verhältnis unter den Freunden.

Wir waren 1970 nach Berlin gefahren: Einmal, um die Frau von Heinz kennenzulernen, die 10 Jahre zuvor noch seine Freundin war und die er uns damals, während unseres ersten Treffens, zwar nicht vorgestellt, aber übergenau als seine nackte Werbepuppe beschrieben hat. Vor allem aber wollten wir wissen, was es mit den bis nach München gedrungenen Gerüchten auf sich habe, daß er Besitzer eines großartig luxuriösen Hauses in bester Lage West-Berlins geworden sei, es aber schon verkaufen müsse. Hiltrud, Konrad, Werner, Wilhelm und ich standen im Sommer 1970 bei ähnlich hochschwüler Hitze wie jetzt auf einem kleinen Platz in Berlin-Nikolassee vor einer Handvoll traditionell gebauter Villen, unter denen sich ein flach und lang gestreckter Bau hinduckte. Wir vermuteten gleich, daß dies das Haus von Heinz wäre. Der aber ließ uns warten. Ich wurde zunehmend ärgerlich und ungeduldig. Hiltrud konnte mich nicht besänftigen mit dem Vorschlag, daß wir uns an unsre erste Sitzung, damals in der Münchner Wirtschaft, erinnern sollten.

„Ach was, Sitzung", schrie ich „wir waren doch kein Karnevalsverein!Locker, ganz locker, saßen wir da zusammen, haben viel geredet und dann (nur) ein „Bündnis ... oder ähnlich geschlossen, ein Bündnis ohne Inhalt."

Natürlich widersprach mir Werner, einer der sonst die Zähne kaum auseinander bekommt:

„Na, ganz ohne Inhalt war und blieb es nicht. Immerhin wollten wir uns regelmäßig alle 10 Jahre treffen und versuchen, Freunde zu bleiben. Wir haben geschworen, stets Toleranz zu halten, und wir wollten uns auch auf ein paar moralische und gesellschaftspolitische Grundsätze einigen, blieben dann aber im Widerspruch zwischen privater und geschäftlicher Moral stecken, den Konrad mit dem Bonmot ‚praktische Moral mit doppelter Zunge' mehr verhöhnte als löste."

Ich hab mich eingemischt, vorlaut und zu jung, wie ich vielleicht war, für diese G'wapperten?!

„An diesen ‚Sarkasmus' sollten wir uns vor dem Eintreffen des ‚Kleinkapitalisten' Heinz Billmann erinnern, um ihn aufmerksam zu machen auf sein zwiespältiges Handeln, das seine jetzigen Verluste, von denen ich schon gehört habe, mit verursacht haben wird."

Wilhelms banale Annsicten zu zitieren, quält mich jedes Mal: Zu banal, um nicht zu sagen, erzdumm:

„Und hier, hier im Freien, sollen wir die alte Diskussion wiederaufnehmen, womöglich ‚bekennen', wie wir uns verhalten haben, die ganze Zeit seither!?"

Es sah so aus, als hätten diese Holzköppe vergessen, daß die Freuden des Denkens nicht der Freude an der Natur widersprechen. Im Gegenteil, sie fördern und beschwingen einander – überflüssig, an die Griechischen Philosophen zu erinnern. Und wieder tönte ich vorlaut gegen die behaglichen „Bedenkenträger":

„Warum nicht? Der Himmel ist, trotz all dieser Schwüle, blau, beinahe so tiefblau wie bei uns im Oberland. Ist doch zumindest eine Bedingung sich zu erinnern, sich zu empören und sich, wenn auch zaghaft, zu umarmen!"

Da war Konrad nicht zu bremsen, er schrie:

„Ich fange an: Hoch die internationale Solidarität!"

Wilhelm plärrte zurück:

„Du bist doch durchgeknallt!"

Ach, hätt ich schreien wollen, Konrad scherzt! Denn Wilhelm, so tief er als Zahnarzt bohren mochte, so dachte er vergleichbar tief weder im Alltag, noch in auch ihm zugänglichen Wissenschaften. Doch kam ich gar nicht zu Worte: Konrad entgegnete ihm selber, und zwar so, daß ein Humorloser eine Einladung zu Zank, Streit und Schlägerei aus seiner Replik hätte heraushören können:

„Bins erst", ruft Konrad, „wenn man die Zahnärzte, entsprechend dem Revolutionslied ‚Ça ira', an die ‚Laternen gehängt' hat!"

Werner war in Gefahr, humorlos zu wirken, er spielte auf unsere Revolutionsdebatten von vor 10 Jahren an und sonderte abgelutschte Phrasen ab über „*unser*" Revolutionsverständnis im Gegensatz zu dem im Osten und dem der Studentenbewegung.

Dann meinte er: *„Die schlagen sich vielleicht noch",* um völlig absurd fortzufahren:

„Man spürt so besser, daß unsere Revolution keine Revolution ist, wie sie die Stalinisten im Osten sich vorstellen und die Studenten nachspielen. – Wir hingegen können nur unser Leben, unser Denken, Erinnern, Fühlen, Sehen, Musikerleben und nicht zuletzt unser Lieben revolutionieren, oder wir enden bei den Revolutionsschwätzern oder bei den Terroristen."

Konrad, obwohl er mit seiner Erinnerung sichtlich von untergründiger Wut und Eifersucht geplagt ist, entgegnete ihm korrekt, aber mit einer wie von Schmerz verzerrten Miene:

„Ach ne, Du faselst, so ham mir nich gesprochen, vor 10 Jahren!"

Werner, der sonst so stille Werner, legt mit einer Art akademischer Abhandlung los. (Das, hab ich bemerkt, machte er immer so in der Nähe zu Konrad. Das lief bei ihnen wie bei „Streithähnen" oder „Streithammeln" ab).

„Na ja, ich hab halt ein Schrittchen weiter gedacht. Es hat sich doch vieles geändert in den letzten 10 Jahren, und noch ist von den 68ern zumindest etwas geblieben, das den Alltag, die Kleidung und den Umgang untereinander verändert hat. So sind, um nur eins zu nennen, von den studentischen - Errungenschaften die Wohngemeinschaften geblieben, die inzwischen sogar Rentner gründen. Was sonst bleibend brauchbar war, ist allerdings sehr bald unter den Kommerz gefallen, vor allem die wichtigste Revolution, die sexuelle, die in die

Totalverwertung durch Kapitalinteressen geraten ist, so daß von ihrer befreienden Rolle jetzt kaum noch etwas zu spüren ist. Unzerstörbar aber ist die Gefühlsrevolution, die von der Musik kam, die Altes umwarf, und die dümmlichen, melodie-, text- und rhythmusarmen Schlager hinwegfegte. Rock'n Roll allein hatte das noch nicht geschafft, aber dann die Beatles, sanfter und mit intelligenten Texten, doch in seiner Tradition, auch in der des Jazz und populärer Songs, so haben sie es geschafft. Dann die Stones ..."

Mag sein, daß Konrad Werner gegenüber nicht ganz fair war: jedes Mal, wenn Werner ausholte, um mehr als Belangloses zu reden, kriegte er von Konrad Saueres:

„*Ach! Werner, Du trägst doch Vorträge vor, Du sprichst nicht von unserer Revolution! Wir haben nichts, reineweg nichts gemacht, das öffentlich gewirkt hätte. Wir haben, wie alle Welt, konsumiert, was die frühen Pop-Giganten produziert haben. Es ist aber trotzdem nicht falsch, die öffentlichen Umwälzungen zu erwähnen. Und mit Sicherheit haben wir uns von ihnen beeinflußt gefühlt. Aber wir sollten die Geschichte nicht fälschen: Es waren die Beatles und die, die ihnen folgten, die die Musik, die Musik für die Jugend, revolutionierten, nicht wir und auch sonst kein Fan; wir haben nur nachgeplärrt und uns manchmal auch in wirre Bewußtlosigkeit geschrieen.*"

Werner gab Konrad merkwürdig schnell nach, wollte ihn gar ergänzen, allerdings mit ökonomischen Platitüden, die es ihm leicht machten, mit einer Prophezeiung über das Schicksal der aktuellen populären Musik. Auch sie werde im Flachen und Schnulzigen enden, wenn sie unter die Räuber der großen Labels gerät (was zu der Zeit eigentlich schon geschehen war!), so daß dagegen selbst die alten Schlager ernst und gediegen wirken würden.

Hiltrud war empört über dies Halbwissen der Männer, das offensichtlich aus dritter Hand stammte. All das Gewäsch war ihr, sie sagte es nur mir vertraulich, um die Kerle nicht zu kränken, so feige und blaß, so ohne Schwung und Engagement, wie das Feuilleton dieser nur dem Umfang nach „großen" Zeitung aus Bayern. Hiltrud fehlte jeder Hinweis auf Taten, Engagements der Männer im Bund, wenigstens auf die Beteiligungen an irgendwelchen Aktionen. Sie ahnte nicht, daß sie von Konrad gleich eines besseren belehrt werden würde, und so legte sie los:

„Habt Ihr denn gar nichts gemacht mit und für die 68er, keine Demo organisiert oder wenigstens an ihr teilgenommen? Habt Ihr denn nichts Reelleres gemacht als die Beatles zu hören?"

So gereizt, geht Konrad endlich aus der Deckung, wenn zunächst auch nur mit einem Gegenangriff:

„Ach Hiltrud, Dein Mann, ich, Werner auch, und - jetzt muß ich ungalant sein - auch Du, wir sind fast ein Jahrgang: Wir waren 1968 32/33 Jahre alt, Heinz noch 2 Jahre älter, nur Gisela reichte zu dem Zeitpunkt mit ihren 26 Jahren gerade noch an den Rand der Jugend. Nicht, daß wir ausgeschlossen worden wären aus politischen Jugend- oder Studentenorganisationen - ich habe einen ganze Reihe älterer Aktivisten gekannt (aus dem Republikanischen Club [RC] in Berlin und seinem Pendant in München, wo ich Mitglied war) – aber wir

selber fühlten uns schon morsch, unbeweglich, feige, körperlich wie geistig dürr.

Wir waren gesäugt mit der Magermilch der NS-Zeit, wo wir schon als 8-10jährige Kinder notwendigerweise alle Kräfte für einen innerlichen Widerstand gegen die Nazis aufzubringen hatten - unter Angst und Schrecken, manche von uns auch in der Ahnung gigantischer Verbrechen. Was sonst Väter zu leisten gehabt hätten, uns zu schützen und widerständig zu stählen, mußten wir allein tun – die Väter waren im Krieg, manche kehrten daraus nicht zurück: so mein Vater, auch der von Heinz. Nach den kindlichen Kraftakten und dem folgenden, ebenfalls verinnerlichten Leiden an der deutschen Teilung, die im Westen Adenauer, im Osten Ulbricht betrieb, waren wir eigentlich schon ausgepowert.

'68 war uns dann ein Lichtblick, nicht nur für die Musik. Ganz oben standen Protest und Widerstand gegen den Krieg der Amis in Vietnam, wir haben mit demonstriert, dann aber mehr getan: einen desertierten GI für ein paar Tage aufgenommen, an Freunde weitergeleitet, die ihm Papiere verschafften und die Übersiedlung ins sichere Skandinavien einleiteten. Das war unsere größte Tat, die kleinste war das Legen eines neuen Fußbodens im 1. Stock des RC-Gebäudes und Mithilfe beim Tapezieren und Streichen des Hauptraumes im neugegründeten antiautoritären Kindergarten in München, Königinstraße (der übrigens spurlos verschwunden ist). Es gab noch kleine Dinge, mit denen ich hier nicht auftrumpfen kann und möchte. Du Hiltrud, hast, woran ich gelegentlich beteiligt war, die Aufarbeitung der NS-Vergangenheit der deutschen Universitätsprofessoren, zumindest der in Deinem (germanistischen) Fach, zu Deiner wichtigsten Widerstandsarbeit gemacht."

Hiltrud fing den Ball auf, auch sie meinte, daß wir schon zu alt gewesen seien,

„um den Jungen folgen zu können - keine Woodstock-Generation, keine Hippies, vor allem keine falschen Kommunisten und keine RAF! Aber wir haben intellektuell eingegriffen und unsere Väter, vor allem unsere akademischen Lehrer, mit ihrer faschistischen Vergangenheit konfrontiert. Wir konnten einiges aufklären, z. B. den großen Beitrag der Germanisten zur Untermauerung der faschistischen Ideologie: von der zunächst nur völkisch-rassistischen Interpretationen des Nibelungenliedes bis zur Ausdeutung seines Schlusses als ewige germanische End-und Untergangslust, als sich die Niederlage Nazideutschlands am Ende des 2. Weltkriegs abzeichnete. Vieles nazistische in dieser Wissenschaft zogen wir ans Licht, doch blieb vieles auch unaufgeklärt. Wir hofften, daß jüngere unsere Arbeit fortsetzten würden."

Plötzlich krähte dieser Wilhelm los, von dem man bisher nur wenig gehört hatte:

„Und was hast Du (Dir) geleistet, Gisela?"

Ich hätte damals dem Kerl, der alle emotionale und geistige Arbeit von seiner Frau erledigen ließ, um rastlos einen immer größer werdenden Reichtum zu erbohren, für diese hinterfotzige und überheblich-gemeine Frage gern die Fresse poliert (die Technik für so was hatte ich von meinen Jungs gelernt), tat's aber Hiltrud zuliebe nicht. Statt dessen gab ich allen einen treuherzig wahren Bericht über mein Studium, meine Heirat und meine soziale Arbeit:

„Ich weiß nicht, ob ich mich verändert habe, wenn Ihr das vermutet. Ich bin ja frei geboren, und lasche Eltern haben mich auch so herumspringen lassen. Die Schule hat mich selten gesehen, dafür öfter die Buben. Das hat mir schon früh Spaß gemacht, ebenso wie linke Politik: Ich bin noch bei den ‚Falken', bei denen ich Jugend-Politik und -Betreuung gemacht und gegen den Krieg der Amis in Vietnam demonstriert habe. Ich hab die Abiprüfung bestanden, und dann Soziologie und Psychologie studiert. Für die üblichen Praktika und befristeten Anstellungen in diesen Fächern aber kann und will ich nicht mehr arbeiten.

Während eines Praktikums bei der Sozialbehörde in München kamen mir die ersten Gedanken über eine menschliche und Erfolg versprechende Betreuung von gefährdeten Jugendlichen. Ich habe dann ein Projekt entwickelt, straffällig gewordene Jugendliche, denen die konventionelle Resozialisierung nicht hilft, durch Arbeit, naturnahe, oft auch anstrengende Arbeit, mit freundschaftlicher Zuwendung und Vertrauen sozusagen zu retten. Es wird fern der Städte im Bayerischen Wald sein! Konrad hat versprochen mitzuarbeiten, Geld geben aber kann jeder!"

Natürlich mußte Konrad seinen Senf dazugeben, man konnte nicht erkennen, ob er ironische Töne anschlug, oder ob er in die längst obsolete Tonart unseres ersten Treffens fiel – das lag da schon 10 Jahre zurück:

„Oh, und wieder hat eine Frau am überzeugendsten eine ‚persönliche Revolution' verwirklicht. Wir müssen uns, wenn wir besser denken oder öffentlich arbeiten wollen, sehr in acht nehmen vor so ernsthaften Frauen...."

Er brach ab, als Heinz auftauchte, in einem fetten Wagen, wie Hiltrud seinen Dreihunderter Benz schimpfte. Alle standen um das Prunkstück herum, bis Hiltrud - ihn aufforderte, hoplahop auszusteigen und uns sein Wunderhaus zu zeigen.

Die Wagentür heftig zuschlagend, sprang Heinz auf uns zu und beeilte sich, Hiltrud zu antworten und unsere Neugier zu befriedigen:

„Ja, ick kann aber nur det Jröbste, wat von außen ßu sehen is, beschreim. Leider erscheint et so schlichter, als et is. Et is einstöckich, wie'n U jebaut, im Flur, zwischen den Schenkeln von det U – die Schenkel sin die beeden Wohnbereiche – befindet sich der zentrale ßujang ßum Schwimmbad. Det hat een Jlasdach, det sich janz öffnen läßt. An der eenen Flurwand ßieht, bzw. ßog sich eene kleene Kunst-Jalerie hin."

Hiltrud federt hoch, ab und wieder hoch – mit beiden Beinen:

„Ah, eine Galerie, sagst Du!? Wo ist sie jetzt?"

Dies Wort „Galerie" hat sie elektrisiert. Die sonst so ruhige, uns allen intellektuell überlegene Frau hat in großer Erregung ihre Frage dem Heinz gleichsam in den Schädel gedrückt. Mir fiel ein, daß sie mich vor nicht so langer Zeit durch ihre große und mit Kunstverstand aufgebaute Kunstsammlung geführt hat, als ich bei einem Besuch sie anzubetteln versuchte für „meine Jungen". Hauptsächlich unter Gemälden vom 18. Jahrhundert bis zur Gegenwart aber auch mit einigen Statuen aus allen Epochen, auch der Antike, hatte sie kunstgeschichtlich bedeutende Stücke. Von den Antiken, eventuell auch von den Gemälden des 18. Jahrhunderts konnte ich natürlich nicht wissen, ob sie wirklich echt waren. Was sie sonst noch gesammelt hatte: Kunsthandwerk, aber auch einfache gute, funktionale Handwerksprodukte, schien mir über jeden Zweifel erhaben zu sein. Aber hier, vor Heinzens Haus, konnte Hiltrud nichts für ihre Sammlung erwerben.

Mit dem zornigen Wechsel vom Berlinern ins Buchdeutsch machte uns Heinz bald klar, was er uns über das Haus und jene „Jalerie" eigentlich erzählen wollte: nichts von Besitzerstolz, gar Protzerei, sondern Klagen über Verlust, Verlust des Hauses, auch der „Kunstwerke" darin, und wie sich später herausstellte, auch den darüber hinaus gehenden Verlust des Partners sowie einen beträchtlichen finanziellen Verlust. Klar wurde uns auch, weshalb er uns das Haus nur von außen zeigen wollte, ja konnte. Hiltruds Frage nach der Galerie öffnete nun dem Heinz die Schleusen für Klagen und Vorwürfe:

„Die Galerie ist perdu, wie bald auch das gesamte Haus! Meine Frau hat mich, aber das wißt ihr doch! Nicht?! Also, sie hat mich verlassen, will die Scheidung und macht Anspruch auf die Hälfte unseres Vermögens, also auf mein, von mir allein erarbeitetes Vermögen. Sie hat ja nix gearbeitet: nur ne schöne Larve spazieren getragen und dabei mit'm Arsch gewackelt, un nu hat sie das Gesetz auf ihrer Seite. Natürlich beansprucht sie auch die Skulpturen und Statuetten, die man mir mit Expertise als klassische verkauft (oder angedreht) hat;

sie hat sie schon mitgenommen in ihre neue ‚Heimat', eine Villa ihres Jetzigen, die ist halt ein wenig größer als diese Badehütte."

Wir waren wie vor den Kopf geschlagen, verstanden nicht, daß und weshalb Heinz geschieden werden würde, wir hatten ja kaum erfahren, daß er geheiratet hatte – irgendwann zwischen unseren Treffen. Auch daß er sein Haus eine Badehütte nannte, ging uns nicht ein. Ich fand, daß sich dieser Flachbau im Villenviertel zurückhaltend vornehm ausnahm – ein schönes Beispiel für den Wandel in der architektonischen Darstellung des Reichtums vom überladenen Protzbau des 19./20. Jahrhunderts bis zum heutigen Sachbau, der frei von Ornamenten, figürliche Schmuck und so weiter, nicht nur das moderne Architektur-Credo ausdrückt, daß die Form der Funktion zu folgen habe, sondern darüber hininaus auch eine gewisse Nachkriegs-Scheu großer Vermögen, sich öffentlich zu präsentieren. Keine Ahnung, ob die anderen diese Ansichten teilen würden, wenn ich sie laut geäußert hätte. Wir schwiegen alle betreten und ratlos, suchten, immer noch draußen vor dem Haus versammelt, am Rande der Straße unter einigen dieser famosen Berliner Chaussee-Bäumen Schutz vor der sengenden Sonne und hier und da für diesen oder jenen auch ein Plätzchen zum Sitzen.

Dann schrie Konrad: *„Badehütte, Scheidung, ein ‚Jetziger'. Das mußt Du uns alles kurz und gut erklären!"*

Heinz ließ sich nicht beirren, er fand, wie es seiner Denkstruktur entsprach, alles sei *„ganz einfach:*

"Es ist alles meiner Ex, d. h. ihrem ‚Charakter' und nicht zuletzt meiner Blödheit zuzurechnen."

Hiltrud konnte oder wollte nicht verstehen, von was für einer ‚Blödheit' Heinz redete. Offensichtlich hatte sie von Heinz, dem cleveren Berliner Unternehmer, nicht das Bild eines Blöden. Sie sollte auf der Stelle aufgeklärt werden und hatte zu verstehen, daß Blödheit im Verständnis eines Unternehmers weder ererbt noch ein Charakterzug war, sondern eine „falsche", das heißt, Geld kostende Geschäftsentscheidung, was auch erotische Entscheidungen betreffen kann.

"Ach, Hiltrud, das weißt Du doch, und das weiß jede Frau, daß Ihr alles versucht, um mit Eurer Erscheinung, Eurer Schönheit, die Männer zu verführen, einzufangen und zu betören, um sie dann wie Weihnachtsgänse auszunehmen. Und wir fallen doch immer wieder auf die schönen Larven, spitzen Titten und breiten Ärsche herein."

So hätte er sich nicht äußern dürfen. Mir schien, als müßte Hiltrud ihn jetzt verstehen und erschlagen. Aber sie verstand noch immer nicht und setzte „in aller Unschuld" ihre Attacke auf Heinz fort:

"So viel Schwachsinn, liebster Heinz, hört man kaum noch! Und dann Dein Geschmack, Dein Frauenideal! Wo lebst Du denn? Und wer hat denn Dir diese längst obsolet gewordenen Machosprüche eingeblasen, daß die Frauen schön wären für die Männer? Zum Einbläuen: Wir Frauen sind heutzutage in erster Linie schön für uns selber! Dieser granitne Merksatz gilt auch für Dich, auch wenn die meisten von Euch immer noch so abergläubig sind wie Du. Habt Ihr, hat denn das herzaller-

liebdümmste Heinzilein noch nichts davon gehört, daß Frauen in vielen Berufen arbeiten und sich damit ernähren und ihre Kinder großziehen?!

Trotz Eurer Angst vor uns erwachsenen Frauen: Die Weiber mißbrauchen nicht die Männer, sondern die mißbrauchen Frauen, z.B. für ihre Geschäfte, und sie prägen und tradieren überholte Frauenbilder. Männer zwingen Mädchen und junge Frauen zur Prostitution, machen sie zu Werbe- und Medienhuren. Männer richten Frauen ab für ihre Bedürfnisse, vor allem für die schweinischen."

Endlich griff Konrad ein. Er war wohl der einzige, der sich das leisten konnte: Wegen seiner Autorität im Bündnis und einer mir noch immer mysteriösen Affinität Hiltruds zu ihm. Man sah, wie er sich zwang, nicht zu schreien. Gepreßten Tons nur konnte er Hiltrud ermahnen;

„*Aber Hiltrud, Deine Tiraden verdecken ebenso wie Heinzens Albernheiten unser Problem. Wo bleibt die Antwort auf meine Frage nach den Gründen für diese Trennung? Weshalb verließ sie denn unsern Heinz, und wie heißt die Seine überhaupt?"*

Heinz, der sich während Hiltruds großer „Schimpfrede" beiseite gedrückt hatte, rief dem Konrad zu: *Eleonora!* und verlor dann weiter kein Wort.

„*Apart, Heinz, sehr apart. Hat sie denn in Eurer Ehe, was sie brauchte oder wollte, materiell, sexuell und sensuell?"*

Auf eine solche Frage hatte unser „oida Preiß" und Heringsbändiger, wie wir ihn hinter seinem Rücken nennen, anscheinend nur gewartet: Sie gab ihm Gelegenheit für eine von Selbstgerechtigkeit triefende Jeremiade:

„Aber ja, alles, alles hat sie bekommen! Dabei wollte sie zu Beginn unserer Beziehung ‚nichts als Deine Liebe', die will sie jetzt nicht mehr. Zunächst wollte sie alles Geld, ja, alles, ja mehr noch: auch alles, was sich darein zurückverwandeln läßt: das Haus und das gesamte Privatvermögen. Offensichtlich hatte sie ‚Zugewinngemeinschaft' so verstanden, daß <u>ihr</u> alles gehört, was, seit der Heirat zu unserem Vermögen wurde. Schließlich wäre das ohne sie gar nicht zu gewinnen gewesen, meinte sie. Außerdem basiere doch alles auf einem Darlehen Ihres Vaters. Obendrein habe sie gearbeitet, während ich nur rumgeschwätzt hätte. – Dabei variierte sie die Begründungen für ihre Habsucht je nach Bedarf."

Wir alle, auch Konrad, waren perplex, konnten uns noch gut erinnern, wie Heinz es als Reklame-Mann verteidigt und gepriesen hat, daß er den Körper der jungen Frau bis zur völligen Nacktheit ausgebeutet hat für seine Geschäftszwecke. So konnten wir nur spöttisch und pro forma fragen, ob und wenn ja, was sie denn gearbeitet habe? Der fixe Berliner fiel drauf rein und ließ seine Empörung laufen.

„Na ja!", rief er: *„Sie trat auf, so muß man wohl sagen, sie trat auf als Mannequin, und die Arroganz, die offensichtlich diesen Beruf prägt, trug sie dann nachhause, zu mir: schurigelte und kommandierte mich rum, wußte alles besser und behandelte mich durchweg wie ein kleines Kind. Das war alles lästig, eklig, kaum noch zu ertragen. Die Krone setzte sie dem dann mit ihren finanziellen Forderungen auf. Exakt zu dem*

Zeitpunkt, von dem ab ich sie nicht mehr erfüllen konnte. Auch jetzt nicht erfüllen kann, selbst wenn sie jetzt nur Forderungen gemäß den gesetzlichen Regelungen erhebt. Immerhin würde mich auch das die Hälfte meines Geld-Vermögens und über eine halbe Million mehr noch kosten, wenn ich das Haus behalten wollte. Da müßte ich ihr die Hälfte des - hohen - Zeitwerts der Immobilie und des Grundstücks auszahlen. Also läge ich entweder blank auf dem Rücken oder hätte kein Haus mehr."

Und wieder fand Hiltrud eine Gelegenheit, die zweite, um in die Wunden des Geschäftsmannes Salz zu streuen, so daß er den Schmerz noch lange spüren sollte:

„Aha, pleite bist Du!", zischte sie. „Seit wann denn? Und steckst Du schon im Konkurs?"

Brav, wie ein geprügeltes Kind, reagierte Heinz, unser ältester und eloquentester Freund. Es war, als ob er beichtete:

„Das ist noch nicht lange her. Vor einem Jahr bin ich mit einer Fluchthilfe-Aktion aufgeflogen. Ich hatte damit im Herbst '61 erfolgreich begonnen, als ich meine Eltern aus der Zone herausgeholt habe, Es klappte noch 2/3 mal, bis die DDRler zuschlugen und ‚meine Flüchtlinge', die mir rund 100 Tausend Mark einbringen sollten, hochgehen ließen. Ein Idiot unter den Flüchtlingen zog, als sie entdeckt worden waren, eine Waffe, die Vopos oder Grenztruppen schossen zurück – 4 oder 5 Menschen starben. Wir konnten nicht einmal ihre Leichen bergen. Seither ist für mich Fluchthilfe als Zusatz-Einnahme perdu. Ich darf mich weder in der DDR sehen lassen, noch *kann ich das Vertrauen der ‚Vereinigten Berliner Fluchthelfer' zurückgewinnen:"*

Der aufrechte Werner hielts nicht mehr aus, er ließ seiner Empörung freien Lauf und nannte den Freund ein Unternehmer-Schwein, das sich eine teure Frau gekauft und mit ihr ein luxuriöses Leben geführt habe. Ein Leben, das er nur mit Wucher-Summen führen konnte. Dafür habe der „Fluchthelfer" Heinz Fluchtwillige aus der DDR ausgepreßt. Daß die geschäftsmäßige Art, Fluchthilfe zu betreiben, nicht nur gefährlich, sondern auch illegal sei, auch wenn sie vom West-Berliner Senat geduldet werde, und daß sie zu all dem noch Menschenleben koste, das alles schien dem Heinz wohl gleichgültig zu sein.

Nachdem er die ärgste Wut so losgelassen hatte, ging Werner den Heinz auch direkt an:

„Freund, damals, beim ersten Treffen, hast Du so munter von Deinen Idealen: von der Wirtschaft in der Demokratie, geschwafelt, hast wohl damals schon die Wirtschaftsdemokratie gemeint. Jedenfalls ist es Dir gelungen, Deine Bereicherung von Anfang an bis heute mit „Demokratie" zu bemänteln. Da finde ich es gut, daß Du nach 10 Jahren endlich auf die Schnauze gefallen bist!"

Konrad, der schon einige Mal Streit unter uns wenigen „Toleranten" geschlichtet hat, war sprachlos, wohl auch hilflos; er hat Hiltrud, gebeten, schlichtend einzugreifen, damit nicht aus ein paar bösen Worten ein schwer wieder zu schlichtender Streit wird. Sie hat zunächst Werner angesprochen, von dem wir alle wußten, daß er im Grunde friedfertig und Argumenten zugänglich war:

"Aber Werner, Träumer, wir leben doch alle in der Wirtschaftsdemokratie und suchen unsere Schäfchen ins Trockene zu bringen. Heinz hat sich nur "verguckt" und sich mit Luxus-Frau und -Haus übernommen. Mit einem Haus übernehmen sich zig Tausende, mit einer teuren Frau nicht ganz so viele, aber alle gelten als nicht gerade lebenstüchtig."

Als sich für Hiltrud ein erster Erfolg ihrer Bemühungen zeigte: ein zaghaftes Lächeln auf Werners Gesicht und ein breites Grinsen auf dem von Heinz, schoß ein kleiner Wagen durch uns Wartende hindurch und hielt zielsicher auf dem kleinen Platz vor dem U-Haus. In klassischem Kostüm, Kapotthütchen auf, autowidrige, halbhohe Pumps an und eine schmale Handtasche unterm Arm, stieg Eleonora, die scheidungsbegehrende Ehefrau von Heinz, aus dem Autochen, sprang zur Eingangstür des famosen Hauses, schloß auf, drehte sich zu uns rum, blickte fest und lächelnd auf ihren Mann und rief – laut, aber in freundlichem Ton:!

"Guten Tag Heinz, mein Mann!"

Diesen alltäglich-normalen Gruß faßte Heinz gleich als Bedrohung auf: Vor Schreck sprang er 3-4 Schritte zurück, riß die Hände hoch und schrie im höchsten Entsetzen:

"Vade retro! Satana!"

Sanft, fast schon in Tönen einer werbend Liebenden, versuchte Eleonora, ihren Mann zu beschwichtigen:

"Ach, Heinz! Weder war, noch bin ich Dir eine Teufelin. Ich habe Dich geliebt. Unsere Liebe ist zu Ende gegangen, ver-

raucht, zu Asche verbrannt. Aber Asche ist auch ein Dünger, er kann nützlich für uns werden. Glaub mir: Ich bin nicht Deine Geliebte mehr, aber doch Deine stille Freundin noch, wenn Du es willst. Wir werden uns, ich hoffe es, noch heute einigen, und dann wirst Du das auch so sehen. Wir können uns bald wieder umarmen, dann aber als gute und aufrichtige Freunde".

Wir alle sehen, wie Heinz versucht, ein bitter-höhnisches Lachen zu unterdrücken, und wir reagieren darauf je nach Temperament mit Mitleid, Spott oder kaltem Unverständnis, während Eleonora ihren Faden weiterspinnt:

„Ach, vertrau mir doch: Laß uns ins Haus gehen, da können wir, allein unter uns, eine für uns beide gerechte Aufteilung unseres Vermögens finden. Wenn Du der zustimmst, sollten wir gleich die Anwälte hinzuziehen, die vielleicht schon eine Erklärung über die Scheidungsfolgen formulieren und juristisch zementieren können".

Heinz ist offensichtlich so verstört, daß er nicht weiß, in welche Richtung er sich drehen soll, um den Freunden ins Haus zu folgen. Von Eleonora mit dem Schlüssel betraut, stürmen die es, um endlich seine gerühmte, konstruktive Schönheit und Funktionalität zu studieren, ihre Vorbeurteilungen bestätigt zu finden und ihre unmaßgeblichen Meinungen laut äußern zu können. Ohne Halt sind sie durch die Flure gerannt, die das Schwimmbad umschließen, und haben dann im rechten Flügel, dem Wohnbereich, den größten Raum, ein Wohnzimmer, „besetzt". Kaum hatten sie die spärlich vorhandenen Sitzgelegenheiten unter sich verteilt, begannen sie eines dieser Hinter-dem-Rücken-Palaver. Die kluge, schöne, aber oft unerträglich arrogante Hiltrud eröffnete den Reigen:

„Wenn Eleonora auch ziemlich geschwollen daher geredet hat, so scheint sie ihn doch nicht, wie er befürchtet, über den Tisch ziehen zu wollen. Vielleicht will sie gar einen fairen Kompromiß vorschlagen; mal sehen!"

Konrad, sonst ein frecher Kerl, der seine Meinungen ungeniert verbreitet, hat sich an diesem Tag zurückgehalten. Er meinte, alle seien wir doch verwirrt von einem angeblich widersprüchlichen Bild der Eleonora, einem satanischen, wie es Heinz gemalt habe, und dem, mit dem sie selbst ihrem Ehemann gerade freundlich und liebenswürdig begegnet sei. Werner, der Straßenbahner, ergänzte das mit dem Argument, daß hier schließlich ein genereller Konflikt zwischen den Geschlechtern vorliege, dessen soziokulturell-natürlich-historisches Geflecht am mutwillig herbeigeführten „Einzelfall" weder durch Zuwarten, noch durch theoretische Versuchsimitationen zu lösen oder aufzudröseln sei.

„Schau mer halt", rief er – vom dürftig nachgeahmten Wissenschaftsjargon in die Diktion des Fußball-‚Kaisers' wechselnd – aus, *„ob sie sich schlagen oder ob sie nicht doch durch einen Trennungskompromiß Frieden finden."*

Kaum hat er diese Meinung, die uns allen unsinnig erschien, mehr so vor sich hin gebrummt, als daß er sie kräftig verbreitet und gegen unsere Skepsis durchzusetzen versucht hätte, als zwei feingezwirnte Herren erschienen, die „Anwälte der Parteien", wie sie sich vorstellten. Ihr Sprecher erklärte, daß…*„Frau Eleonora Billmann uns beauftragt hat, die Schei-*

dung ihrer Ehe mit Herrn Billmann zu befördern. Sie läßt Ihnen durch uns zugleich mitteilen, daß sie eine einvernehmliche Trennung zu erreichen wünscht."

Er fügte dem, wie er sagte: ‚in eigener Sache' lächelnd noch hinzu, daß es absolut unüblich sei, Ehesachen, wie überhaupt die meisten zu verhandelnden Sachen, sozusagen „auf der Straße" zu behandeln, man bleibe damit stets innerhalb der Kanzleien. Seiner Mandantin komme es aber darauf an, unbeschränkte Öffentlichkeit – ähnlich wie auf der Agora des antiken Athens – jetzt herzustellen, um das ihr öffentlich zugefügte Unrecht so aufzuheben.

Schon bald kam der zweite Anwalt herüber zu uns und gab bekannt, daß die Parteien bereits eine Übereinkunft über die Aufteilung ihres gemeinsamen Vermögens erzielt hätten. .

Plötzlich leuchtete das Haus innen wie außen hell auf, und wie mit überirdisch durchsichtigen Händen wurden wir zu Eleonora und Heinz in den rechten Flügel herüber gebeten; es folgten die Anwälte, die mit einem Papier wedelten und erklärten:

„Meine Damen, meine Herren, wir haben die Einigung, die von Frau Billmann und Ihrem Gatten erreicht wurde, juristisch ausformuliert und möchten sie hier kurz vortragen."

Eleonora aber ließ sich das Vergnügen, die Einigung selbst zu verkünden, nicht nehmen:

„Verzeihen Sie, meine Herren Anwälte! Ich wähle lieber meine eigenen Worte: Heinz und ich, wir haben uns auf folgendes geeinigt: Heinz erhält das Geldvermögen, auch alles divers angelegte: Außerdem verpflichte ich mich zur Zahlung

von DM 100.000 an Heinz als Ablösesumme für das Haus, das mit allem Inventar, Grund und Boden etc. in meinen Besitz übergehen wird."

Wie Kinder mit offenen Mäulern staunten wir über die plötzliche und auf den ersten Blick für Heinz so vorteilhafte Teilungsvereinbarung. Hiltrud aber bemerkte mit ihrer „angeborenen" Schlauheit:

„Mit dem Geld, das er dringend braucht, um den Konkurs seiner Werbeklitsche abzuwehren, hat Heinz wohl den Vogel abgeschossen! Wie es scheint, hat aber auch Eleonora ihre Schäfchen im Trocknen, denn wenn die Immobilienpreise steigen (und wann wären sie nach dem Krieg nicht gestiegen) wird **sie** den Reibach gemacht haben."

Konrad aber dachte an den womöglich doch geprellten Berliner Freund:

„Und Du, Heinz, Du sagst nichts?"

„Doch", quälte der sich:

„Et jeht allet in Ohchdnung!"

Die vierte Geschichte:

Drittes Treffen der „Toleranten"
Szenen der Liebe - Video-Manie – 1980

Der Sommer geht zuende. Und noch immer liegt eine schwüle Hitze über der Stadt. Konrad und ich frühstücken wie eh und je im Gärtchen unterm Apfelbaum. Gemütlich ist es nicht, vor allem deshalb, weil wir klären müssen, wie wir die Geschichten aus unserem dritten Treffen erzählen können. Nach der Auseinandersetzung mit Konrad hatte ich Zugriff auf die ersten beiden Geschichten, und nur auf diese. Wünschenswert neutrale Beobachter als Erzähler für das dritte Treffen, vor allem für die Liebesgeschichte, von der es erfüllt war, gibt es nicht. Ich kann den Bericht nicht übernehmen, ich war ja nur am Ende des Treffens dabei. Dies Treffen fand im Haus von Hiltrud und ihrem Mann statt, aber ich würde Hiltrud die Erzählung wegen der Liebesgeschichte ihrer Töchter Gerlinde und Meret nicht gern überlassen, außerdem sind solche Gedanken müßig: Hiltrud ist zur Zeit für niemanden erreichbar.

Es ist schwer, Konrads Rolle zu bestimmen und ihm, den Facetten seines Charakters und seiner Handlungen, gerecht zu werden. Konrad als Liebhaber der Mädchen taumelte zu jener Zeit voller Freude und Fettlebe, gleich einem „Galan" des 18. Jahrhunderts, durch den Garten der Lüste. Lange Zeit konnte er nicht sehen, daß er sich mit seinen Liebesräuschen nicht nur Augenblicke großen Glücks bereitet hat, sondern mit ihnen auch blind in eine Lebenskatastrophe, den Verlust seiner akademischen Perspektive, taumelte. Dennoch. Im

Wissen um seine kritische Intelligenz und in der Hoffnung, daß er im Erzählen nicht nur - wie üblich - das Erzählte, sondern auch sich als Erzähler reflektieren kann, bat ich ihn, die Teile der Geschichte unseres dritten Treffens, die ihm zugänglich sind, zu erzählen. Und so begann er ohne Scheu und Scham von seiner Liebe mit den Töchtern von Hiltrud und Wilhelm zu berichten:

„Ich traf die Mädchen das erste Mal zu Beginn des dritten Treffens der ‚Toleranten' im Haus ihrer Eltern. Aber ich habe sie nicht als erste begrüßt, auch nicht in einem Moment erotischen Aufglühens; ich gab ihnen nicht einmal flüchtige Wangenküsse, sondern verflocht die Begrüßung mit einer knappen Beschreibung und dem Lob des Hauses, in dem sie aufgewachsen waren, und, wie ich annahm, auch wieder wohnen würden nach der Rückkehr von Sylt (von der Insel hatten sie erzählt).

Ich konnte mich nicht satt sehen an dem schönen Haus. Alles echt, exzellent renoviert: Empire im sanften Rot jung gebrochenen Sandsteins. Und im Inneren gediegene Moderne; funktional modern dann alles in ‚Küche, Bad und Keller' wie man so sagt. Muß Millionen gekostet haben. Dies alles neidete ich den Mädchen, die, so glaubte ich, nach ihren Studien hier glücklich sein würden. Mehr hatte ich ihnen nicht zu sagen, schon gar nicht ahnte ich, daß aus dieser Begnung, die für mich eine alltägliche zwischen Tür und Angel war, wie sie auch in den Treppenhäusern von Mietshäusern passieren kann, eine große Liebe erwachsen würde. Da haben mir die

Mädchen mit der kräftigen Alt-Stimme Gerlindes, Ohren und Augen geöffnet":

„Ach, Konrad! Du mit dieser übertriebenen Liebe zur Architektur. Wir möchten Dich daran erinnern, was der Begegnung hier im Haus vorausging, wo und wie Du uns gefunden hast, wie wir Dich kennengelernt haben und wie unsere Liebe zu Dir begann. Es ist eine längere Episode, und wir können uns, ebenso wie jederman, an so etwas wortwörtlich nicht erinnern. Meret, diese fleißige Gymnasiastin, aber hat die Episode, so genau wie es ihr möglich war, in ihr Tagebuch geschrieben: als Stoff für literarische Versuche, die sie damals begann, aber nicht fortgeführt hat.

Von daher hol ich mir, wenns nötig ist, Gedächtnisstützen: Es war Faschingsdienstag, wir kauerten und lagen lange bis kurz vor 1 am Aschermittwoch wie zerschlagen, mißmutig, Depressionen nahe, am Ende eines dieser langen Uni-Flure, vor der verschlossenen Türe eines Lehrstuhlsekretariats. Es war ein riesiges Fest gewesen im Hauptgebäude der TU München. Drei oder vier Kapellen, glaub ich, hatten gespielt, riesige Mengen Verkleideter hatten getanzt, wild kostümierte Paare waren durch die Flure und leergeräumten Hörsäle getobt, und in fast jeder Ecke, auf vielen Treppenstufen, hatten sie sich geliebt. Wir, Schülerin und Kunstgeschichtsstudentin, hätten normalerweise kaum teilnehmen können an diesem Fasching der Techniker und Naturwissenschaftler, aber ein Student, zukünftiger Archäologe, den wir kannten und dessen Hauptfach sich mit dem unsrigen schnitt, hatte uns eingeschleust, dann aber bald allein gelassen.

Wir haben uns arglos unter die Tanzenden gemischt, uns erst locker, dann eng umarmt und uns den wilden wie den sanften Rhythmen überlassen. Das allein schien vielen anstößig zu sein: Sie sahen uns in Liebe miteinander tanzen. Sie beschimpften uns als Lesben, versuchten, uns als Tanzpaar auseinander zu bekommen, zuerst durch ‚Aufforderungen zum Tanz' an jede von uns einzeln, dann, als wir uns nur noch enger aneinander drückten, auch mit Gewalt. Wenig später, schrie jemand, der uns kennen mußte:

‚Aber das sind ja die Schwestern Z'. Da verfolgten sie uns als ‚blutschänderische Lesben' – mit Worten, die uns ums Leben fürchten ließen. Spät, fast schon zu spät, wir hatten bereits viel Schläge wegstecken müssen, schritten ein paar Männer ein. Sie schlugen sich für uns. Gewalt und Geschrei stiegen aus der zuvor so heiteren Faschingsstimmung auf. Wir kamen mit dem Leben nur davon, weil man uns in diese Ecke drückte und uns vor den Wellen von Gewalt so gut es ging schützte."

„So, wie Gerlinde es erzählt hat, wars auch für mich. Vergessen hat sie nur unser Alter: Sie war 19, ich, Meret, 16 Jahre alt: gemeinhin doch das beliebteste Studenten- ja Männerfutter überhaupt. Aber sie ließen uns liegen im Dreck, in der Ecke! Irgendwann nach 1 schob man die Türe auf von dem Sekretariat, vor dem wir ahnungslos lagen und drückte uns fast in den Dreck im Flur zurück. Ein Mann, schon in Zivil, nur im Gesicht noch Schminkspuren, kam raus und hätte uns beinahe zertreten, wenn Gerlinde nicht einen verzweifelten Protestkrächzer rausgepreßt hätte. Du warst es: Konrad, warst *damals schon unser Glück. Zart hast Du uns hochgehoben, ins Büro mehr getragen als geführt, Stühle bzw. Sessel herein- und uns untergeschoben, uns Wasser angeboten, dann Kaffee gekocht, und dabei uns ausgefragt nach dem woher und – entschiedener - nach dem warum unserer Eck-, Dreck- und Flurexistenz".*

„Ach, Konrad, wir haben den Haß auf uns nicht verstanden, haben begierig aufgesogen, daß Du uns Lumpenkinder wie Prinzessinnen behandelt hast, Mädchen, die Dich nicht vergessen werden, die sich auf der Stelle in Dich verliebten und verliebt sein werden für alle Zeit!"

Ich war tief berührt von dieser Geschichte einer unwiderstehbaren Liebe, die sich zwar tief auch in mein Herz und meinen Kopf eingegraben hat, die ich aber nicht einmal fragmentarisch zitieren könnte, wenn ich nicht Merets Notizen hätte, die sie für mich abgetippt und dagelassen hat.

Noch blieb ich relativ kühl, war ja überwältigt worden im doppelten Sinn. Und so versuchte ich, ein paar allzu heftig glühende Kohlen der Liebe aus dem Feuer zu ziehen und die Liebesschwüre anzubinden an Geschichtsverständnis, Vernunft und Kunstsinn. Das Haus, in dem die Mädchen aufgewachsen waren und das mir wegen seines Alters, seiner Architektur und seiner stilechten Restaurierung so besonders gefiel, schien mir gut geeignet zu sein als Pfosten, an den ich feste Gesprächsfäden sachlicher, aber auch emotionaler Gespräche binden könnte:

„Hier, Gerlinde, Meret, hier feiere ich mit Euren Eltern, denen dies schöne Haus gehört, und mit den anderen Mit-

gliedern des Bundes wieder einen Jahrestag des ‚Bundes der Toleranten', auf den diesmal auch mein Geburtstag fällt. Und ihr, seid Ihr gekommen, um in diesem Haus, das mit seiner teuren Restaurierung und seiner kostbaren, supermodernen Inneneinrichtung Millionen gekostet haben müßte, wieder zu wohnen?"

Zitternd und fast schon zornig hat mir Gerlinde geantwortet und die Dinge zurechtgerückt:

„Ach Konrad, Du solltest nicht von Kosten reden, sondern mußt nach Wärme und Liebe unter Menschen fragen, die so leben wie wir!

„Ja, fragte ich die Mädchen, „leben denn die Menschen Eurer Schicht nicht immer, unter der schon ewig gleichen Wirtschaftsordnung, mehr über,- und untereinander als miteinander in Luxus und sicherem Wohlstand?"

Meret ging auf meine Polemik nicht ein, sondern berichtete wie in schmerzender Sachlichkeit:

„Als wir Kinder waren, hatten wir Stofftiere, Puppen, Spielzeug: Berge über Berge, Kleider, Bücher, Platten und alle Apparate zum Musik-Hören und -Machen. Man schickte uns auf die besten Schulen und gab uns alle nur erdenklichen Lernhilfen, dann Sport, wie ihn Mama noch für weiblich hielt – Reitsport war ihr der liebste, allerdings uns auch – Tanzunterricht und alle Freiheiten für Feste und Tanzereien, Ausflüge und Ausritte, Urlaub auf Sylt und im Winter in Kitzbühel – wir haben alles gehabt; wir waren dafür bestimmt, Höhere Töchter zu sein."

„Ja, all das hielt Euch während der Kindheit und Jugend fest in der Wohlstandsfalle, nahm Euch, machmal sogar Atem und Lächeln. Manch einem mag dies Leben als beneidenswert erscheinen, mir aber wären solch „Goldener Käfig" nicht erträglicher als der eiserne, in den die Armen gesperrt sind."

Und so fragte ich die Mädchen ohne Rücksicht auf aufkommende Gefühle:

„Hattet Ihr niemanden, der lächelte, wenn er Euch sah, der hinweglachte über Eure kleinen und großen Unarten und Schandtaten, der Euch aus dem Märchenbuch vorlas und Eure Tränen trocknete mit schlanken, schon runzligen Händen, der Euch streichelte und Euch still und ernst zuhörte, wenn Ihr Kummer hattet."

Wie vom Bogen geschossen kam Merets Antwort: *„Oma!"*

Zitternd vor Zorn reagierte Hiltrud auf die Beschreibung der Kindheit und Jugend ihrer Töchter. Bei dem Wort: „Oma" explodierte sie.

„Oh, Ihr undankbaren Gören! Nichts hättet Ihr gehabt, ohne Eures Vaters Fleiß! All die Millionen, nicht nur für dies Haus, viel mehr noch für Eure Erziehung, Ausbildung und die Mittel für Eure kindlichen und die Teenager-Spiele, die unsinnig hohen Ausgaben für Eure modischen Ansprüche, einiges auch für Eure Bildung (die Euch wohl nur zur Zerstreuung diente). Und dann die Pferde! Die Pacht für die Weiden und den Stall, die Kosten für ihre Pflege und für Futter, Heu und Streu – für beide Gäule dürften sie über die Jahre eine halbe Million betragen haben."

Die Mädchen wehrten sich:

„Mama, Du redest nur von Geld, wie immer. Aber Liebe war gefragt, und alles, was zu ihr gehört – für den ganzen Menschen. Bei Konrad suchen wir solche Liebe." –

Mehret schrie es fast heraus!

Noch aber hatte Hiltrud Pfeile im Köcher, sie schoß einen davon ab – auf ihre Kinder, der hätte ihre Liebe zu mir töten sollen:

„Ficken wird er Euch, Ihr Hühner, und das wirds gewesen sein!"

Ebenso lieblos wie die Mutter gegen ihre Kinder schossen die zurück auf die Mutter, ihr mitten ins Herz:

„Ja, er wird uns ficken! Und wir ihn!

Du kannst uns ja darüber was erzählen, auch etwas über ihn, über seine körperlichen und seine seelischen Eigenheiten, ob er zärtlich war, ob er Deine heimlichen körperlichen Wünsche ahnte und erfüllte und ob er sich so bewegte, daß Ihr beide den Rausch der Orgasmen zugleich erlebtet?"

Die Antwort der Mutter, die weiß geworden war, weiß wie die Wand, an die sie sich gestützt hatte, die Antwort war, heftig herausgepreßt, nur ein:

„Schweig, schweig, ach - schweig!"

Wir, wir alle die teilnahmen am dritten Treffen der ‚Toleranten', mußten reagieren, mußten verhindern, daß noch mehr schmerzliche Emotionen aufgerührt wurden. Schnell und entschieden vom Erotischen weg hat Heinz die Gespräche auf das Gebiet gelenkt, das er beherrschte: auf Geld und Immobilien. Er hat damit Hiltrud noch einmal Gelegenheit gegeben, vom Haus, dessen teurer Renovierung und der gediegenen Innenausstattung zu schwärmen und vor allem ihren Mann, der hinter dem Vorhang der Verdrängung für einen Moment einem Geliebten hatte Platz machen müssen, wieder ins vordere Bewußtsein von Geld, Fleiß und bürgerlichem Anstand zu schieben:

Ich spielte mit bei den Versuchen, vom Eros weg zum Hermes zu gelangen, und so fragte ich jetzt noch einmal:

„Entschuldigung, Hiltrud! Wieviel hat das Haus gekostet und die Innenausstattung und was alles dazu gehört?"

Erleichtert, wieder zurückzukommen in die anständige Bürger- und Ehelichkeit, hat Hiltrud geantwortet:

„Etwa Zwei Millionen allein das Haus und Erkleckliches noch für die Modernisierung der Innenräume, zusätzlich die aller Installationen sowie der Erneuerung der Fenster und Türen! Mein tüchtiger Wilhelm hat's herbeigebohrt und mit Inlays und Brücken angehoben."

Heinz, der Geschäftsmann, trieb dann die Gespräche weiter in die monetäre Richtung:

„Gut, reden wir vom Geld: Mit irgend etwas müßt auch Ihr angefangen haben, das Wissen aus Euren Studien kann's nicht gewesen sein, was dann? Eigenes Geld hattet Ihr ja nicht: weder Du Hiltrud, noch Wilhelm!"

Hiltrud, noch immer verstört und nahe an den Tränen, wurde ruhig, ja heiter bei der Erinnerung an ihren Vater. Sie sprach von ihm als einem „Tycoon", der die Startfinanzen für ihre Ehe bereitgestellt habe:

„Für unser Haus, für Wilhelms Praxis und die ersten Monate des Überlebens: für ein, dann zwei Autos, gab uns mein Vater ein Darlehen, zinsfrei und rückzahlbar erst bei ausreichenden Einnahmen aus Wilhelms Praxis. Wir konnten es schon nach 2 Jahren zurückzahlen! Mein Vater stockte mit diesem Geld, mit dessen Rückzahlung er im Grunde nicht gerechnet hatte, seinen Anteil an einer Zuckerfabrik auf."

Eleonora meldete sich zu Wort, als sie etwas von einem ‚Darlehen des Vaters' hörte. Niemand hatte sie bis dahin wahrgenommen, ja überhaupt mit ihrer Anwesenheit gerechnet, da sie schon vor 10 Jahren von Heinz geschieden worden war. Aber, so hatte Wilhelm von Patienten gehört, wenns um Geld ging, war sie auch nach der Scheidung noch mit ihrem „Ex" zusammen erschienen.

„Hört nur", hat sie mit ihrer Fistelstimme gezischelt: *„Bei mir und Heinz, wir waren noch verheiratet, war's dasselbe: Mein Papa gab uns Geld für den Aufbau der Agentur, zum Leben und für Schuhe und Kleider für mich. Papa war ein großer, ein toller Makler, für Bureaus vor allem, aber auch für Grundstücke. Das Geld hat er bald zurückbekommen, mußte dann aber wieder etwas rausrücken, als mir ein ganz tolles Haus ins Auge stach. Das alles könnte Euch Heinz noch besser erzählen."*

So, als habe sie die Scheidung nicht betrieben, durch die sie frei wurde vom Mißbrauch als Leibeigene ihres Mannes, flötete sie jetzt - kaum 10 Jahre später - mit verliebten Tönen ihren Exmann an, er solle beider Geschäfte, vor allem ihr Verdienst daran herausstreichen:

"Ach, schmolle nich, Heinzilein, erzähl' Deinen Freunden von Deinen Erfolgen – und von mir, der Du soviel verdankst!"

Wie ein Hündchen „folgte" Heinz und sprach von gemeinsamen Erfolgen. Er schien vergessen zu haben, wie heftig ihm die Scheidung zugesetzt hatte:

"Ja, Konrad, sieh uns an: In Berlin sind wir zum ‚Most Beautiful Pair of the Year' gewählt worden. Das war bares Geld und eine der Voraussetzungen für den Erfolg meiner ‚Public Relations' Agentur – schade, daß wir nicht mehr ehelich verbunden sind. Nur gelegentlich arbeiten wir noch zusammen für die Agentur, erscheinen auch gemeinsam auf gesellschaftlichen Veranstaltungen. Die Ehe hatte schon gebröckelt, als wir eines der modernsten Häuser der Stadt in allerbester Lage erwarben: einen uförmigen Flachbau, bei dem zwischen zwei Wohnbereichen, den Schenkeln des Us, sich ein phantastisches Freibad erstreckt, über das sich mit Knopfdruck ein helles Dach legen läßt. Aber was rede ich, Ihr kennt es und habt es bei der Besichtigung übereinstimmend bewundert."

Schwankend zwischen Lachen und Abscheu, sahen alle zu, wie Eleonora mit den Schritten der Mannequins (heute: ‚models') Bein über Bein wippend aufgesetzt, quer durch den Raum ging und gleichzeitig den Hauptzug ihres Charakters zeigte, den einer Habgierigen:

"Aber nun gehört mir das Haus, dem Heinz, so haben wir uns geeinigt, das Geschäft und alles Bare..."

Bald hörte niemand mehr auf ihre dahergeschnatterten Egoismen und Eitelkeiten.

Unser Freund Werner, der einzige von uns, der nicht studiert hat und bei uns kaum das Maul aufbringt, fühlt sich anscheinend von uns heimlich verachtet. Damals, beim dritten Treffen, hat er den Kopf ein wenig gehoben: Wenn Eleonora, mehr noch verachtet als er, wie er anscheinend glaubt, zu Worte kommen darf, weshalb dann nicht er auch? Und so – schüchtern und ein wenig hölzern – versuchte er sich ins Gespräch zu bringen:

„Verzeiht, wenn ich noch etwas zu den Häusern von Wilhelm und Heinz und ihren Partnerinnen sage: Ich war einfach betäubt, von dem Haus hier und dem von Heinz, das wir beim vorigen Treffen besichtigt haben. Ich hielt sie beide für grandiose Architektur und beglückwünschte Euch damals zu den Erwerbungen und hoffte, daß Ihr glücklich darin leben würdet."

Auf diese gestelzte Lobhudelei mit schlecht verborgener Anspielung auf unglückliches Leben mindestens eines der Paare in diesen Häusern, wußte Hiltrud offen nicht zu reagieren, sie explodierte statt dessen – auf ihre Art: sanft verbissen, gleich einer Schlange:

„Ach, Werner, ich weiß nicht, aber Du irritierst mich schon seit unserem ersten Treffen, warum, kann ich nicht sagen, aber ich möchte doch gern dahinter kommen; vielleicht gelingt es mir schon jetzt – ohne mehr als diese platten Fragen nach Deinem Leben, dem wie, wo, wann, warum, zu stellen. Also: Wie hast Du gelebt, Werner, und lebst Du noch so und wirst auch so bis an Dein Ende leben?"

"Ach, Hiltrud, Deine Ironie ist überflüssig, wie ein Kropf. Meine Situation, das Wohnen in dieser Stadt ist ja mehr als ironisch oder sarkastisch, mehr als diese literarisch-kabarettistischen Wörter, es ist wie ein zugespitzter Hohn auf die Menschenwürde, zu der eine anständig eingerichtete, nicht überteuerte Wohnung im vertrauten Viertel gehört. Alles Dinge, die in München, der Stadt, für einen meiner sozialen Stellung, auch dann nicht zugänglich sind, wenn man wie ich ‚in städtischen Diensten' steht und zum Lohn noch Zuschüsse erhält. Doch wohne ich – unverdient wie im Glück – noch so, wie vor 30 Jahren: in einem Altbau, Toilette auf der Treppe; zu Anfang, als die Stadt noch ein die Miete bewirtschaftender ‚Weißer Kreis' war, mit einer Miete um 2 Mark für den Quadratmeter, jetzt fast 10 Mark. Mietsteigerungen fanden und finden statt nach willkürlichen Kriterien, oft mit der Begründung, die Lebenshaltungskosten hätten sich erhöht – dabei sind es in hohem Maße die Vermieter selbst, die jede Gelegenheit zu Steigerungen ausnützen und damit die Lebenshaltungskosten wesentlich mit in die Höhe treiben. Zum Überfluß werde ich vom grassierenden Unheil fast aller Münchner Mieter bedroht: von einer (Luxus)-Sanierung, die mir schon avisiert worden ist, mit anschließend gigantisch erhöhter Miete – ob nach Verkauf der Wohnung oder noch durch den gegenwärtigen Eigentümer".

Hiltrud ließ nicht locker, nicht die soziale Kritik Werners interessierte sie, sondern er als Person. Es ist auch bei ihr die weit verbreitete Haltung, gesellschaftlichen und personalen Klatsch an die Stelle von Bürgersinn, Engagement – und schließlich auch Revolution zu setzen, auf Revolution, für die Hiltrud bei unserem ersten Treffen engagiert und differenziert plädiert hat. 20 Jahre später, während dieses dritten Treffens 1980, war sie nur neugierig:

„Ich meinte nicht nurs Wohnen, auch Deine Arbeit und ob Du Freunde hast."

„Nun gut: Ich fahre seit ein paar Jahren nicht mehr Straßenbahnen, sondern U-Bahnzüge. Sehr verantwortungsvoll, aber getrennt von den Menschen. Freunde hab ich: Euch und auch ein paar Münchner."

Mehr war aus dem Schweiger Werner nicht herauszubekommen. Hiltrud mußt' es hinnehmen, fand aber auf der Stelle in mir ein neues Objekt ihrer Neugierde:

„Nun, Konrad, Lieber, wie steht's mit Dir? Auch wir haben uns zuletzt vor 20 Jahren gesehen, so daß ich Dich das fragen muß – direkt, sonst krieg ich nur wieder eine von Heinzens Bosheiten um die Ohren geschlagen!"

Sie hat doch ein schlechtes Gedächtnis: Beim 2. Treffen (U-Haus und Scheidung) war sie, wenn auch peripher dabei, wie ich übrigens auch. Ich verschwieg diese Gelegenheit einer Begegnung. Mit der Behauptung, Heinz kenne mein Leben sicher besser als ich, drückte ich mich jetzt um eine Debatte herum, ob sie, Hiltrud, oder ich das bessere Erinnerungsvermögen hätten:

„Heinz kann ruhig erzählen, was er von mir weiß!"

Wieselflink nimmt der Kaufmann, Quatschkopf und gelegentlich auch treffsichere Kritiker mir die Pflicht der wahrheitsgemäßen Selbstdarstellung ab und erzählt in seiner Version mein Leben, natürlich berlinernd und in unabreißbarem Strom.

Vielleicht, witzelte er, kenne er mein Leben nicht besser als ich selber, er aber könne es besser erzählen! Und so quasselte er auch gleich los:

„Hat det Rindviech doch mit 32 Jahren seine Lebensstellung als wissenschaftlicher Mitarbeiter beim kunsthistorisch-soziologischen Forschungsverein ufjejeben und dafür eene befristete Assistentenstelle an der Großherzog-Ernst-Ludwig-Universität in Z. übernommen! Die ham se ihm nur fürn paar Jahre valängert, un so isser nu arbeitslos."

Darauf reagierte Hiltrud wie gewöhnlich: in ihrer Doppelrolle: einmal als „Ehefrau", die sie effektiv nur eine kurze Zeitlang war und deren Rolle sie nicht beherrschte, mit „Sorge" und zum anderen als intellektuell überlegene Doppeldoktorin - mit habitueller Arroganz:

„Dein Schritt, Konrad, in die ungewisse Universitätslaufbahn beruhte, wie bei Wilhelm, gewiß auf krankhaft männlichem Ehrgeiz, den ich meinem Wilhelm schließlich ausreden konnte!"

Heinz hat sich die kleine, zielsichere Gemeinheit: „*Eher wohl ‚austreiben' als ‚ausreden'* " nicht verkneifen können.

Hiltrud protestierte heftig, so, als wisse sie insgeheim, wie sehr Heinz im Recht war. Zugleich wurde sie aber auch an ihren Mann erinnert:

„À propos, mein Wilhelm, wo steckt er denn?"

Werner, der bei Wilhelm „oben" gewesen war, hat ihr in beneidenswert unerschütterlicher Naivität geantwortet:

„*Er zeigte mir vorhin eine elektronische Anlage mit Videotechnik, wie er sagte, die sozusagen noch gestern nur von den Fernsehanstalten angewendet wurde und die er jetzt – quasi als privater Pionier – mit versteckten Kameras, Monitoren, Schaltpulten usw. zur Überwachung jeden Winkels im Hause nütze. Auf meine Frage, ob er nur ungebetene Gäste: Einbrecher usw. erwischen wolle oder ob er auch seine Familie zu überwachen gedenke, antworte er nur knapp: ‚jeden'! Meinen Einwand, daß er jeden seiner Familie zu den Mahlzeiten, Feiern, Familienfesten, Abendunterhaltungen wie auch allein von Angesicht zu Angesicht sehen und sprechen könne, wischte er mit ekelbetonter Geste weg, denn, so sagte er:*

‚Die Weiber hier haben ja alle ein eigenes Zimmer, was sie da treiben, will ich wissen.'

Ich verkniff mir weitere Einwände, vor allem den, daß er mit ihnen ja auch darüber sprechen könne. Das ganze schlimme Brimborium und dieser mißtrauische ‚Hausspion', haben mich dann doch angeödet. Aus unserem ersten Treffen kannte ich Wilhelm als ernst und streng auf seinen Beruf gerichtet, aber auch als so liebenswürdig, daß er Hiltrud gewinnen konnte. Jetzt ekelte mich an, was er da trieb. Ich ging hastig wieder zu Euch runter. Er blieb oben."

Blind und ahnungslos aus ihrer üblichen Überheblichkeit heraus, schien sich Hiltrud nichts weiter aus ihres Mannes „Marotte" zu machen und quittierte Werners Bericht mit der Bemerkung, daß sie beruhigt sei, wenn ihr Mann mit den elektrischen (!) Dingen spiele, wie schon oft, dann stelle er wenigstens nichts an!

Die Technik interessierte Hiltrud anscheinend noch weniger als das Treiben ihres Mannes. Sie trieb statt dessen Heinz an, weiter über meinen Lebens-Weg zu berichten.

„Nun", reagierte Heinz mit leicht spöttischem Zungenschlag: *„Immerhin hat der Konrad sich nach fröhlich durchlebten Jahren mit Liebe zur Natur, zu Reisen, zu den Frauen, aber auch zur Kunst, noch habilitiert, allerdings mit 'ner marxkritischen Theorie zum malerischen Stilwechsels um 1910, mit der er in seiner Fakultät und sicher auch darüber hinaus aneckte. Er hat nämlich die Marxsche Analysetechnik aus dem ‚Kapital' aus der Anwendung auf Waren herausgezogen und auf die Analyse von Kunst-Formen anjewendet, nicht etwa auf die Inhalte, wie det die meisten Jelehrten aus Tradition und Dummheit machen. Denn Inhalte, Motive bei Malern und Bildhauern, tauchten ja, so sagte er mir einmal, oft als gleich über die Jahrhunderte auf, während die Stile, die Malweise et. sich radikal wandelten."*

Ich ergänzte mit dem Sarkasmus, den ich mir nach der Habilitation zugelegt habe, die Erzählung Heinzens, mit einem Bericht von meinen Schlehmil-Schritten hin auf eine Professur:

„Ja, haste in aller Kürze gut wiedergegeben, ich brauche nur noch anzuhängen, daß mir die Schrift keine Professur, ja nicht einmal eine kleine C-2-Professur eingebracht hat. Mit Ablauf meines Assistentenvertrags samt Verlängerung wurde ich entlassen. Ich bin jetzt arbeitslos, als ehemaliger Beamter auf Zeit habe ich keinen Anspruch auf Arbeitslosenunterstützung, auch nicht auf Pension. Rente werde ich wohl kriegen, wenn man mich nachträglich für die 12 Asisstentenjahre

in der gesetzlichen Rentenversicherung nachversichert und die Zeit zu der vom "Forschungsverein" dazu rechnet. Möglicherweise aber öffnet sich noch ein Tor zur Unilaufbahn: Im nächsten Semester werde ich in Göttingen vielleicht eine C-3-Professur vertreten. Ich hoffe, daß sich das dann ausdehnen oder gar anverwandeln läßt. Bis dahin willl ich versuchen, mich mit Zeitungs- und Zeitschriften-Artikeln, notfalls auch mit Texten für Reise-Propekte durchzuschlagen."

Endlich erschienen die Mädchen wieder. In eine Ecke gedrängt, hatten sie lange Zeit den Erfolgs- und Mißerfolgsgeschichten der „Alten" zuhören müssen. Sie rappelten sich auf und erinnerten mich an mein Versprechen, ihnen Liebe und Zuneigung zu geben. Gerlinde forderte ihre Einlösung direkt ein:

„Ach, Konrad, hast Du nicht genug von dieser Lebens-Erfolgs-Scheiße? Wolltest Du nicht unsere Liebe? Wir, wir wollen Dich, Konrad, Dich und Deine Liebe. Jetzt. Hier. Bei mir auf dem Zimmer! Komm!"

„Und da soll die Mutter zuschauen, soll das dulden", zeterte Hiltrud: „Ich soll diesen verheirateten Mann, der doppelt so alt ist wie Ihr, auf Euch loslassen?"

Von ihrer jüngsten Tochter, Meret, bekam sie eine Antwort, die jeder anderen Frau die Sprache hätte verschlagen, ja sie für lange Zeit in eng verborgene Scham hätte stürzen können. Hiltrud schwieg, nur ein unbändiger Zorn war von ihrem Gesicht ablesbar:

„Möchtest Du etwa mitmachen als Vierte im Bunde, sozusagen als mütterliches Vorbild? Oder willst Du ihn wieder allein haben, wie damals, hinter dem Rücken von Papa, und nicht nur einmal? Frag Konrad, wen er will, uns oder Dich, frag ihn oder hau gleich ab!"

Ich mußte eingreifen und Hiltrud, meine Freundin, von den Anfängen des „Bundes der Toleranten" bis jetzt, kurze Zeit auch meine Geliebte, zu schützen und zu trösten und ihre Töchter sanft zurechtzuweisen:

„Nein, nein, nicht so! Ihr seid meine Lieben, Meret, Gerlinde! – Eure Mutter hindert uns nicht. Ich habe sie geliebt, und sie weiß, daß ich die Erinnerung daran hüte als einen Schatz; sie wird jetzt nichts kaputt machen wollen. Hiltrud, Deine Töchter wollen mich, wie Du mich gewollt hast, und ich will sie, wie ich Dich gewollt habe – mit allen Sinnen und allem, was Männer und Frauen tun können. Was wir taten, ohne Tabus, damals zu Zweit, wollen wir jetzt wieder erleben, nun zu Dritt, so, als könnten wir ein Körper sein."

Heinz, nüchtern, ein Kaufmann, mischte sich ein:

„Mensch, Konrad, die 60er sind doch längst vorbei, die 70er lassen auch grüßen! Die Menschen sind jetzt wieder zurückhaltender – wenigstens in den Dingen von Liebe und Lust. Genügt Dir denn nicht Gisela, Deine Frau?"

Er bekommt von Meret die Antwort, die er verdient und die ihn – hoffentlich – schmerzt, ihn aber so, nur so, öffnen könnte für eine unregulierte Sexualität:

„Ach, Herr Heinz, hierbei können Sie nicht mitreden Sie kennen Liebe und Sexualität doch nur als Instrumente – fürs Geschäft!"

Und unter Gerlindes wiederholtem Ruf, bin ich ihr und ihrer Schwester nach oben gefolgt. Noch auf der Treppe hörte ich, wie mir Heinz nachrief:

„*Vadufte, awer schnelle. Deine Olle wird balde ankommen. Sie hat anjerufen, vom Bahnhofe aus, dett se 'n Taxi nimmt. Haste noch unjefähr ne Vertelstunde ßeit, Dir unsichtbar ßu machn! Ick hoffe, det se so schnelle nich kommt un mir womöglich ßuhört, wenn ick Dir warne. Vor jetze wünsch ick Dich un die zwee Süßen fülle Jlück!*"

Meine Gefühle damals hoben einander nicht auf, es blieb für lange Zeit während der Thresome-Treffen ein Schuldgefühl, das lag jetzt im Moment niederziehend auf meiner Potenz, die sich allerdings, Priapos sei Dank, unter der Liebe der Mädchen bald wieder aufrichtete.

Was noch geschah an diesem Tag, vor allem, wie unsere Liebesgeschichte von den anderen aufgenommen, wie sie entstellt wurde und was ihre Wirkung war, das ist von Gisela überliefert, deren Berichtsteil hier beginnt:

Ich kam spät an diesem Abend, von weit unten im Bayerischen Wald, von meinen „Schützlingen". Das erste, was wahrnahm, gerade noch, als ich mich, unsichtbar für die „Freunde" hinter einen Wandvorsprung zurückgezogen hatte, war, daß Heinz das Wort führte, für Konrad, wie ich bald merkte:

„Oh, der Bursche lebt noch immer flott! Er ist ein Mädchenmann, viele sind ihm nachgelaufen, und er hat keines verschmäht. Aber er hat sich dann doch verliebt, in eine, wie er sagte, ,die über die Bänke sprang', was immer das heißt. Die hat er, er war noch gut bezahlter Assistent, geheiratet."

Ich war sehr spät am Abend, und doch hatte ich den „Absturz" des Tages ins Schauderhaftböse erleben müssen. Ehe ich mich verstecken konnte, hat mir Heinz – sehr knapp – noch vom Eskapadensprung Konrads nach oben ins Unterleibliche berichtet. Was hätte ich getan, wenn ich das noch hätte sehen müssen, was hätte ich tun oder besser unterlassen sollen? Ich war ja "verurteilt", mitzuhören, wie die Freund, allen voran Hiltrud mich ungeniert durchhechelten:

„War das etwa Gisela?"

Nur ich wußte, wers war, die „über die Bänke sprang!" Doch konnte ich jetzt nicht darüber lachen, geschweige denn mich outen.

„Ja!"

hat Heinz geantwortet, aber Hiltrud hat süffisant weiter gespietert:

„Ach, diese Gisela! Wir haben sie nur kurz gesehen, damals, als sie diesen Plan zur Betreuung junger Verbrecher im Bayerischen Wald faßte, wozu wir nicht gefragt wurden."

Heinz hat mein Engagement entschieden verteidigt:

„Laß die Bosheit, Hiltrud! Sie steht keinen Verbrechern bei, sie arbeitet mit gefährdeten Jugendlichen."

Hiltrud stocherte weiter:

„Was denn, sie arbeitet? Arbeitet sie da abhängig oder selbständig?"

Heinz, der dem Unternehmer-Klischee nach gefühllos sein müßte, hat sich hier zu meinem Ritter ohne Fehl und Tadel gemausert.

„Abhängig, selbständig ... sie arbeitet anständig! Sie hilft gefährdeten Jugendlichen und solchen, denen Gefängnisstrafen drohen, weil sie öfter ‚auffällig geworden' sind, Selbstbewußtsein zu gewinnen in einer von ihr gegründeten und geleiteten Einrichtung weit unten im Bayerischen Wald. Dort lernen jüngere und ältere Jugendliche zu leben, zu leben im wirklichen Sinn: mit Arbeit, oft sehr harter Arbeit, zugleich mit Freude an der Natur. Offene Freundschaften sollten sich entwickeln, nichts sollte angeordnet, gar erpreßt werden; Freudschaften, die aus krimineller Komplizenschaft entstehen könnten, sollten als hohl und leer durchschaut werden, weil in solchen Bündnissen nicht die Freundschaft, sondern Macht und das Geld gemeint sind. Die zur Arbeit und Freundschaft notwendigen Tugenden: Vertrauen, Ehrlichkeit und offene Zuneigung mit wechselseitigem Durchhalten bei Kritik und Selbstkritik, sollten sich allmählich entwickeln."

Ich wußte (damals noch) nicht, warum Hiltrud versuchte, mich und meine Arbeit in den Dreck zu treten. Sie brummelte so in sich hinein, daß Heinz ihr nicht zu antworten wußte und auch ich sie kaum verstehen konnte:

„Ach du lieber Gott, hat sie tatsächlich solche Ideale, so antiquierte, wie auch ich sie mal hatte?! Sie wird damit scheitern, soviel weiß ich, obwohl - oder besser weil - auch ich keine Rezepte für die Resozialisierung der Jugendlichen habe, von denen Du sprachst."

Inzwischen weiß ich, weshalb Hiltrud so über mich spottete. Sie war offensichtlich von Eifersucht getrieben, einer Eifersucht, die sie abgezogen hatte von ihren Töchtern und zu mir– hingewendet hat, zu mir, die ich selbst Grund hatte eifersüchtig zu sein.

Ich konnte aber auch hören, welch ritterlichen Beistand Konrad und ich in Heinz hatten. Beharrlich hat er Konrads Handeln und seine Fähigkeiten aufgeklärt und die Giftspritzen der Doppeldoktorin absorbiert:

„Rezepte verlangt ja auch keiner. Außerdem hast Du die Hauptsache noch gar nicht gehört: Konrad will runtergehen und ihr helfen, das heißt, vielleicht wollte ers ..."

Kommentarlos muß man Hiltrud zitieren, nur so kann der Schmerz, den sie erzeugt, verdampfen und vergehn.

„Was soll denn das? Was kann da ein Kunsthistoriker helfen? Sollen die jungen Diebe, Totschläger und Vergewaltiger lernen, Kunstkritiken zu schreiben und reichen Snobs Bilder zu erklären? Das, und nur das, wird er wohl können."

Heinz aber hat kühl seinen Bericht gegen Hiltruds Bosheit gesetzt:

„Nun, er kann auch noch was anderes: Er hat vor dem Studium eine Tischlerlehre begonnen und sie während einiger Semesterferien komplett und mit Belobigung abgeschlossen. Als Handwerker und als Allround-Werker, der er ist, kann er sehr wohl helfen."

So vom Wortbeistand von Heinz gestärkt, faßte ich Mut und ging hinauf zu den „Freunden", blieb aber auf der

Schwelle zum Wohnzimmer stehen und sprang schnell noch einmal in ein „Versteck", einen Schrank, genauer: bloß hinter den Schatten eines riesigen Kastens, der mich immerhin so vor möglichen Kameraschwenks deckte wie ein dingliches Versteck.

Hiltrud fand keine Möglichkeit zu einer weiteren Sotisse: Das Telefon läutet, sie geht ran:

„Ja, er ist hier, aber im Moment nicht erreichbar."

Sie hört eine Weile zu und antwortet dann:

„Ja, ich werde es ihm ausrichten, ja, natürlich."

Sie legt auf, in dem Moment kommt Konrad – etwas ramponiert – herunter.

Hiltrud scheint zu hoffen, daß Konrad, hat er die Telefonnachricht erst gehört und aufgenommen, die Töchter verlassen werde:

„Spring nicht gleich wieder hoch, Konrad! Eben kam ein Anruf aus Göttingen vom Kunsthistorischen Seminar: Die Uni-Verwaltung habe für die Vertretung der Professur (C3) für Bildende Kunst der Jahrhundertwende die Papiere zum Nachweis Deiner Lehrbefähigung etc. angefordert."

Konrads Frage, ob sie etwas erwähnt habe von dem Projekt im Bayerischen Wald, nimmt sie leicht pikiert auf, läßt aber zugleich ihren Wunsch durchscheinen, daß er mir, seiner Frau, nicht folgt.

„Natürlich nicht! Aber ich schließe aus Deiner Frage, daß Du lieber nach Göttingen als in den Bayerischen Wald gehen möchtest und deshalb auf die Jugendlichen und Deine Frau, *die vielleicht auf Dich rechnen, keine Rücksicht nehmen kannst."*

Konrad nickt, lächelt über Eleonoras schön bewegte, ihn beeindruckende Tanzschritte und versucht zugleich, Beschimpfungen wegen seiner Entscheidung zuvorzukommen:

"Werner könnte mit Recht schimpfen, wenn aber der oder jener von Euch Reicheren einem Arbeitslosen nicht gönnt, auch nur für ein halbes Jahr etwas zu verdienen, und das in seinem Beruf, den er liebt, wäre das nichts als üble Scheinmoral! Für die Jugendlichen wird sich ein anderer finden - aber, und jetzt kannst Du Dich wirklich empören, Hiltrud: Für Deine Töchter, die ich jetzt nur für einen Augenblick allein lasse, muß man vielleicht lange nach guten Liebhabern suchen: Ich verlasse ja bald auch sie, und so schnell werden sie mich nicht vergessen!"

Während Hiltrud versucht, Konrad von den Mädchen zurückzuhalten, kommt ihr Ehemann, Wilhelm, die Treppe herunter. Es scheint, als könne der taumelnde Mann jeden Augenblick stürzen. Er hält eine Videokassette in der Hand, stolpert damit durch den Raum und versucht, den Videorecorder unterhalb des großen Fernsehers zu erreichen, in den er die Kassette schieben will, dabei trifft er auf Konrad, der nach oben springt. Wilhelm will ihn schlagen, bricht aber mit erhobenem Arm zusammen und kann nur herauspressen:

"Hiltrud, schlag ihn tot und die beiden Huren auch!"

Alle ahnen, daß Hiltrud schwer am Anblick dieses wie besoffen herumtaumelnden Hausspions leidet, in den sie sich in der Jugend wegen seiner sportlichen Körperlichkeit verguckt hat. Doppelt und dreifach von Konrad enttäuscht, der ihre Töchter ihr vorzieht, und entsetzt von diesem schlaffen, charakterlosen Mann, schont sie nun weder sich noch ihn:

„Den Teufel werde ich tun, ihn wegen dieser Liebelei zu erschlagen. Unsere Töchter sind keine Kinder von Traurigkeit, nur haben sie selten Gelegenheit, sich in diesem Städtchen ordentlich auszuleben. Und jetzt ist Konrad da: Mit dem haben sie endlich einen wirklich guten Liebhaber gefunden. – Ich weiß, wovon ich rede."

Schnell begreifend, ruft Eleonora auf diesen Schlag Hiltruds gegen sich selbst hin, laut in den Raum:

„Ja, hätte er dann nicht mit mindestens einer seiner eigenen Töchter ...?"

Da setzt Hiltrud auf den Hohn gegen ihren Mann noch die kalte Verachtung drauf:

„Iwo, Wilhelm hatte da schon seine Pflicht getan."

Der aber hat, aus dem letzten Winkel seines Selbst, noch soviel Kraft, seiner Frau ebenfalls einen Schlag zu versetzen. Er fingert die Kassette in den Recorder und versucht, die von ihm aufgenommenen Liebesszenen mit seinen Töchtern und Konrad ablaufen zu lassen. Das Band bleibt aber hängen, und im Bildschirm des Fernsehers erscheinen nur zerfetzte Linien und Punkte.

Hiltrud, abwechselnd bleich und rot, versucht überheblich zu lächeln, Leonora reißt Heinz am Arm und schreit wie aus Eifersucht, Wilhelm der vielfach Gehörnte, bricht vorm Recorder zusammen, und nur die beiden Mädchen, die ihren Liebhaber vermißten, sind vollkommen bei sich und ihrer Begierde.

Sie kommen von oben herunter und schieben die Kassette vollends in den Recorder, der nun zeigt, wie die Drei in großer Zärtlichkeit und mit offensichtlich starker Lust vereint sich lieben.

In Scham und Schrecken muß Konrad, was er gemacht und genossen hat mit den Mädchen, als kalte Pornographie im Bildschirm des Fernsehers „wiedersehen", während die Mädchen ihm wie unschuldig zurufen:

„Lieber, komm zu uns. Was willst Du denn bei denen? Komm, umarme uns, bevor Du gehst!"

Ach, Konrad – es scheintn, als sei er mehr noch bei seinen Wünschen als bei sich. Er redet albernes Zeug, so als habe die Liebe ihn dumm gemacht.

„Und wenn ich bliebe? Könnte ich da nicht täglich Eure Liebe haben! Ihr habt mich verjüngt. Mit Euch war ich, bin ich glücklich. Warum sollte ich das aufgeben?!"

Meret, führt ihn zurück auf die Tatsachen.

„Conny, höre bitte auf, Dir und uns etwas vorzumachen:Du gehst ja auf jeden Fall weg, vielleicht nach Göttingen als Professor – für lange Zeit – vielleicht in den Bayerischen Wald – so gut wie für immer: zu Deiner Frau, um ihr zu helfen."

Ihre Schwester aber, Gerlinde, will nicht mehr reden:

„Meret, red nich, komm, schnapp Dir Konrad und bring ihn rauf zu mir: für eine letzte Tour!"

Ohne zu zögern geht Konrad mit Meret hinauf. Ich hatte erwartet, daß er sich für die Jugend-Arbeit entscheiden würde, daß er mir, den Kindern, die sie im Grunde alle noch waren, hätte helfen wollen mit seinen guten Kräften. Jetzt aber springt er über den wimmernden Zahnarzt hinweg, läßt mich, die sich Sorge um ihn macht, auch wenn er mich kränkt, ratlos zurück.

Spät erst am Abend zu Konrads Geburtstag hier eingetroffen, mußte ich nach Heinzens tapferen Versuchen, mich und Konrad vor Hiltrud zu verteidigen, die häßliche Szene von Konrads doppeltem Bruch unserer Ehe, aufgezeichnet auf Wilhelms Rache-Videoaufnahmen, noch miterleben. Meine Tränen, als ich das sah, flossen in Scham und entsetzlicher Selbstbeherrschung nach innen. Nicht nur meine, auch die Schmerzen um Konrad hielt ich da noch unter Verschluß: Sie sollten mich viele Jahre lang peinigen.

Konrad ging nach Göttingen. So waren wir für 10 Jahre getrennt; er half mir anschließend im Bayerischen Wald noch für fast 10 Jahre. Als Handwerker konnte er uns nicht nur praktisch beistehen, sondern auch zuhören und raten. All das (natürlich auch sein kritischer Kopf) belebte meine Gefühle aus der Jugend für ihn wieder. - Seit dem Ende meines Projekts leben wir zusammen in der Stadt.

Die fünfte Geschichte:

Viertes Treffen der „Toleranten"
Ein Zahnarzt hat sich erhängt - 1990

Meine 2-Zimmer-Wohnung in München, die mir am Ende meines Studiums eine Freundin geschenkt hat, nutzte ich regelmäßig an Wochenenden vom Bayerischen Wald aus; ich habe sie auch gelegentlich von Göttingen aus während der vorlesungsfreien Zeit bewohnt. Für das vierte Treffen der „Toleranten", bei dem wir auch meinen 55ten feiern wollten, bin ich extra vom Bayerischen Wald heraufgekommen, und warte darauf, daß auch die letzten Freunde eintrudeln: die meisten sind schon im Arbeitszimmer versammelt, es fehlen noch Hiltrud und ihr Mann Wilhelm. Auf ihre Töchter, Gerlinde und Meret, meine Liebespartnerinnen während des letzten Treffens, warte ich ungeduldig, begierig und zugleich bedrückt vor Furcht, daß sie jetzt die noch nachwirkende Wut ihres Vaters zu spüren bekommen könnten.

Dennoch rief ich, als sie so unvermutet und anmutig wie jeh vor mir standen:

„Wie schön, daß Ihr hier seid! Kommen denn auch Eure Mutter und Euer Vater? Sie sind ja unverzichtbar für unseren Kreis, sie haben niemals eines unserer Treffen versäumt."

Meret, jetzt 28 Jahre alt, Kustodin in einem bayerischen Museum, antwortete kühl:

„Das alles wissen wir nicht; wir kommen direkt von der Insel, waren noch nicht bei den Eltern. Zuerst wollten wir Dich sehen."

Oh, dachte ich, diese Wohlstandstöchter, nach fast 10 Jahren *„direkt von der Insel"* zu mir! Hatten sie denn für mich keinen jüngeren Ersatz gefunden? Ich fragte sie zwar nicht direkt danach, spielte aber – überdeutlich – darauf an:

„Wird Eurer Familie nicht gefallen! Und Euren Freunden auch nicht, mit denen Ihr vermutlich auf der Insel ward. Wo habt Ihr die gelassen?"

Und wie schon vor 10 Jahren, antwortete Gerlinde, 31 Jahre alt und bereits Museums Kuratorin, mir unverblümt:

„Was sollten die wohl hier? Sie sind noch grüne Jungs, sie müssen spielen. Wir brauchen starke, ernste Liebe, brauchen Dich. – Jetzt!"

Und wieder kam das so überraschend, so direkt und unbändig, daß es mich auch erschreckte und nicht nur erfreute. Und so lenkte ich zunächst ab:

„Bitte, amüsiert Euch eine Weile allein, vielleicht mit dem schönsten aller Spiele für junge und alte Weiber: Männerverarschen, versuchts mal mit Herrn Rübesam [unserm Werner]. Aber: Geht nicht fort, wartet auf mich, bis die letzten Gäste gegangen sind. Es dauert ja nicht mehr lang; die Reden, außer der von Werner, die gewiß kurz sein wird, sind gehalten, die Musik dudelt nur noch ein bißchen vor sich hin. – Ich muß allerdings noch ein paar Leute treffen, die mir zu Aufträgen für Zeitungen und Zeitschriften, für Kataloge und so weiter verhelfen können.

Daß die – natürlich vergeblichen Gespräche mit diesen Leuten viel Zeit in Anspruch nehmen würden, verschwieg ich, und die Frauen, von der Wiege an im Wohlstand, schienen es nicht zu ahnen, doch waren sie mißtrauisch, ob ich mich ihnen nicht entziehen wollte: Gerlinde rief erschreckt:

"Und deshalb willst Du uns nicht wieder umarmen?"

Mehr aus Angst vor Konflikten mit Wilhelm und Hiltrud, vielleicht auch vor Knatsch mit meiner Frau, als mit Freude, antwortete ich:

"Aber nein – Ihr seid hier, seid wieder für mich da. Und noch jung und schön, so locker und liebevoll. Ja, Ihr könnt mich wieder glücklich machen."

Meret, die spontanere der Schwestern, aber schien zu befürchten, daß ihr starkes, aus Traum und Dichtung gespeistes Liebesverlangen, unerfüllt bleiben könnte:

"Ach Conny, Du lügst, aber Du lügst schön, so daß wir Dir glauben müssen. Aber: Gehst Du denn nicht wieder weg; in den Bayerischen Wald, oder bleibst Du hier, kommt Deine Frau von da hierher? Und willst Du dann mit ihr zusammenleben? Mit dieser Gisela, über die alle sprechen, die sich aber nur selten sehen läßt. Und würdest Du dann uns noch lieben, vielleicht gar uns und sie, alle Drei miteinander, lieben als ein Liebhaber, wie's nur selten einen gibt?"

Ihre Schwester Gerlinde, älter und nicht allein deshalb die vernünftigere und auch auf diese Art verliebte, versuchte Merets Liebesverlangen zu mäßigen:

"Es ist genug, Meret, Konrad ist auch nur ein Mann. Er ist ohnehin schon größenwahnsinnig. Verzeih, Konrad, auch ich habe Dich sehr lieb, aber ich möchte nicht, daß Du Dich verlierst an Merets Träume. Was sie da phantasiert, ist ja irrsinnig."

Ich schickte die Schwestern nach hinten, in einen Winkel des Zimmers, von dem aus Fremde Gespräche mit den Frauen kaum verstanden hätten. Mit großer Anstrengung konnte ich etwas mithören, wenn sie deutlich artikulierten und unbeirrt zu mir hingedreht sprachen.

„Ach, Gerlinde, Schwester, Du mit mir so eins, seit wir Kinder waren und es jetzt noch bewußter, sinnlicher sind, seit wir ihn und mit ihm uns lieben! Wollten wir denn mit ihm nicht wieder und wieder erleben, wovon die Günderrode träumte:

,Eins im andern sich zu finden,

daß der Zweiheit Grenzen schwinden

Und des Daseins Pein.'

Dafür sind wir doch hier!"

„Meret, Meret: Das ist doch Illusion. Bald wird Konrad mit Gisela zusammen arbeiten und -leben, das wird die beiden vermutlich enger zusammenschweißen als Mädchenliebe!

Und die Verse der Günderrode! – Entgrenzen solche Wünsche nicht das Individuum und zerstören es? Die Dichterin ging zugrunde an ihrer Liebe zu einem verheirateten Mann: Sie erstach sich am Ufer des Rheins. Unsere Liebe zu diesem tollen Kerl Konrad soll und wird uns nicht den Verstand rauben, wir werden begreifen, daß es uns nicht gelingen wird, ihn auf Dauer von seiner Frau weg zu uns zu ziehen. –

Oh, da kommt Mama, sie wird beleidigt sein, daß wir nicht zuerst zu ihr ins Hotel gekommen sind!"

Ich glaubte, daß es für mich und die Frauen besser wäre, wenn Hiltrud sie nicht bei mir anträfe:

„*Eure Mutter ist schon hier; sie schaut entsetzlich aus - wie zu Tode erschreckt oder verletzt. Haut besser ab! Wenn Euch aber die Furie nicht schreckt und ihr bleiben wollt, versteckt Euch noch besser!*"

Sie zogen sich weiter, so tief es ging, in die Ecke zurück, während Werner noch seine Ansprache an die Freunde memorierte:

„*Wir wollen heute Konrads Rückkehr aus Göttingen feiern. Er hat dort knapp 10 Jahre lang eine A3-Professur vertreten, wie man hört, mit großem Erfolg: Die Studenten kamen zahlreich in seine Vorlesungen und Seminare...*"

Durch Hiltruds Ankunft unterbrochen, konnte er die Rede nicht halten, auch später nicht.

Hiltrud trug ein dunkles Kostüm mit langem Rock, weißer Bluse und Damenkrawatte. Vom kleinen schwarzen Hut senkte sich ein schwarzer Schleier herab. Sie war gekleidet wie eine Witwe. Niemand verstand das.

Mit einer wie in einem Entsetzensschrei erstickten Stimme preßte ich meine Frage heraus:

„*Mein Gott, Hiltrud, was ist passiert? Ist jemand gestorben?*"

Im Gesicht, in Gesten, ja in ihrer ganzen Erscheinung drückte sie Leid und tiefen Schmerz aus, mit ihrer Sprache aber fand sie nichts als bitteren Zynismus. Und so spuckte sie die Antwort an uns alle aus:

„*Mein Gott, ja, mein Mann! Wilhelm, Euer Freund, ist gestorben, verreckt!*"

Das wollte Werner genau wissen. Rigoros, ohne Rücksicht auf die Gefühle der Trauernden, fragte er sie:

„Wie, verreckt? Erschlagen, ermordet, gefoltert? Was heißt: verreckt?"

Ich versuchte höflicher zu sein, schlug Töne an, wie sie bei Tod und Trauer Konvention sind, um es Hiltrud leichter zu machen, uns aufzuklären:

„Bitte, Hiltrud, leg ab, setz Dich, da in den Fauteuil, trink was und erzähl uns der Reihe nach, was passiert ist."

Hiltrud bat um etwas Zeit, um, wie sie sagte, „das fürchterliche Erlebnis ein wenig, jedenfalls für diesen Augenblick, zu verdauen."

Sie fragte nach „einem anständigen Whisky?", bekam ihn, legte Schleier und Kostümjacke ab, und zeigte für ihre nun schon gut 50 Jahre eine erstaunlich schlanke Linie. Nachdem sie sich gesetzt hatte, fand sie nicht sofort Worte für einen Bericht über das Schicksal ihres Mannes.

Während dessen verließen ihre Töchter das Eck, dann schweigend den Raum, sogar von Meret hörte man keinen Laut. Mag sein, daß sie nichts hören wollten vom Tod ihres Vaters, Noch wahrscheinlicher ist es, daß sie befürchteten, verletzt zu werden von der allzu kaltschäuzig überbrachten Nachricht ihrer Mutter.

Die Freunde glaubten, das Unerklärliche detektivisch aufklären zu können, während ich mich gegen den innerlichen Vorwurf wehrte, mitschuldig am Tod des Freundes zu sein, weil ich ihn vor Jahren hintergangen hatte.

„ Er hat sich erschossen, nicht wahr, dieser Nimrod?!"

Kühl, gewaltsam gefaßt, oder einfach ihrem Naturell nach ohne bemerkbare Emotionen, wies Hiltrud alle Vermutungen der Freunde ins Fabelreich, vor allem das nochmalige Insistieren Werners auf „Erschießen":

„Unsinn! Er war zwar ein leidenschaftlicher Jäger, auf eigener Jagd und auf gepachteter, erschießen aber hätte er sich weder wollen noch können!"

Werner, Heinz und ich, wir riefen wie mir einer Stimme:

„Aber wie hat ers getan?"

Ohne eine Spur von Aufregung, ohne Tränen im Gesicht, mit fester ruhiger Stimme antwortete Hiltrud:

„Er nahm mich mit auf einen Gang durchs Revier, nur so zur Erholung, wie er sagte. Routinegemäß hatte er das Jagdgewehr mitgenommen. Er ging dann voraus, um, wie er sagte, Revier und Hochstände zu inspizieren. Ich habe lange gewartet und bin ihn dann suchen gegangen, fast eine Stunde lang. Dann sah ich ihn: An einem geräumigen Ansitz ragte seitlich etwa zwei Meter waagrecht ein starker Balken heraus. Wohl um Proviant etc. hinaufzuwinden. An dem hing er. An einem Strick, gedreht aus drei Phasen: schwarz - rot - gold. Was ich dann gemacht habe, weiß ich nicht. Spaziergänger fanden uns. Ich soll ohnmächtig unter dem Leichnam meines Mannes am Galgen gelegen haben."

Werner konnte seine Neugierde nicht zügeln: er wollte von Hiltrud auch die Ursachen für den Freitod unseres Freundes erfahren:

„Ach, Hiltrud, hast Du denn Anhaltspukte, weshalb ers getan hat?"

Ich hätte auf so eine Frage nicht antworten können, zumindest nicht wollen: So zu fragen, war, so glaube ich, ein schamloser Griff in das kaum erst erloschene Leben einer langen Ehe. Vor allem aber drang Werner mit seiner Frage gefühllos in einen frischen Verlust-Schmerz ein, oder, wie man sagt: wühlte in der offenen Wunde. Mein Schrei, *"He! Stop Werner"*, war zu spät gekommen. In bemerkenswerter, mir schon unheimlich erscheinender Fassung antwortete die Witwe:

"Er war seit langem schwer depressiv. Die Ärzte sprachen von erblicher Belastung, von manisch-depressivem Irresein ('Syndrom' neuerdings). Dazu kam Prostatitis. Lange Zeit quälte er sich damit herum und fürchtete, von einem Arzt 'Krebs' ins Gesicht hinein diagnostiziert zu bekommen."

Offensichtlich erschrocken über Hiltruds Antworten aus dem Intimbereich ihres Mannes, versuchte Werner die Kurve ins Harmlosere zu kriegen:

"Ich meinte, weshalb er diese qualvolle Selbsthinrichtung gewählt hat. Er war doch Jäger, er hätte sich erschießen können – das wäre ja fast schmerzlos gewesen. Und weshalb nahm er Dich mit, etwa um Dich gleichsam an der Qual des Erhängens mitleiden zu lassen?"

Mit seiner Frage traf Werner, offensichtlich ein Kenner, merkwürdiger Seelenverfassungen, die wundeste Stelle in Hiltruds streng verschlossenem Seelenhaushalt: Sie hat, was ihre Töchter wissen, vor den Freunden verborgen: ihren Anteil an den Kränkungen ihres Mannes durch eine Affäre während ihrer Ehe. Offen mußte der Verdacht auf einen tieferen Abgrund zwischen den Partnern Hiltrud und Wilhelm bleiben, den Werner mit dem zweiten Satz seiner zweiten Frage schon aufzudecken im Begriff war. Jedenfalls quälte Hiltrud sich eine ebenso unglaubwürdige wie lächerliche Begründung ab für ihres Mannes Wahl der Selbsttötungsart, für die er die ihm bequem zugängliche Schußwaffe nicht benützte:

„*Oh nein! Er hätte sich etwas so Tückisches nicht ausdenken können, und wenn, hätte er es ausgeplaudert, um es nicht tun zu müssen. Nein, er wollte sicher nur, daß er bald von mir gefunden würde. Erschießen hätte er sich weder wollen noch können: Ob Ihrs glaubt oder nicht: Er hat sich wegen seiner ‚strengen' Jagdauffassung nicht erschossen: Niemals hätte er, außer auf einen bewaffneten Wilderer, sein Gewehr auf einen Menschen gerichtet, also auch nicht auf sich selbst. Er dachte so überspitzt...*"

Heinz hatte bisher geschwiegen, für seine Verhältnisse sehr lange. Auf einen Stuhl gestützt, um Luft ringend, mit Wut in der Stimme, versuchte er nun, Worte für seine Empörung zu finden:

„*Dies eiskalte Weib, diese Thatcher fürs ‚Traute Heim'. Nich die Spur eener Träne!*"

Werner beschwichtigte Heinz: man habe ja noch nichts Genaues über die Gründe von Wilhelms Depressionen und den Selbstmord erfahren. Und so fragte er Hiltrud nach dem Zeitpunkt der Tat, um anschließend danach zu fragen, was ihn eigentlich interessierte:

„Aus welchen wirklichen Motiven hat sich denn nun unsrer Freund Wilhelm umgebracht?"

Hiltrud, die eiskalte Hiltrud, wie nun auch Werner sie sah, flatterte erst noch hilflos herum, ehe sie wenig später schon präzise Auskünfte gab:

„*Ach, hab Euch nicht gesagt, wann es war? Vorgestern, Jungs, vorgestern erst! Weshalb ers tat, genau? Er glaubte, seine Prostata sei von Krebs befallen, der absolut inoperabel sei. Einen gräßlichen Krebstod, wollte er nicht sterben – so schrieb er es mir in einer Art Abschiedsbrief. Krebs, niemals ärztlich nachgewiesen, wird er nicht gehabt haben. Dagegen halte ich die Depression, zu der, mehr oder weniger dramatisiert, die natürlich lästige Prostatitis als körperliches Elend dazukam, für den Grund.*"

Heinz, noch immer aufgewühlt von – wie er es sah – Hiltruds Kälte, attackierte die Bundesfreundin noch einmal:

„*Und Du kannst uns jetzt, so trocken wie Wüstensand, uns, seinen Freunden seit gut 30 Jahren, die tragische Geschichte seines Sterbens erzählen?*"

Genauso trocken, wie Heinz es kritisierte, vor allem mit Mitleid mehr mit sich selbst als mit ihrem Mann, verteidigte und – entblößte sie sich zugleich:

„*Ich bin kein Seelchen, ich habe ursprünglich für mich bzw. für uns alle, damals ein ‚Bündniss der Wenigen' gründen wollen, das ich, Euren Widerstand vorweg spürend, dann in die ‚Toleranten' geduckt habe. Für dies Bündnis und die Gesellschaft hier, muß ich – nach außen – kalt und trocken erscheinen, darf nicht zeigen, was mich im Innern bewegt. Das kann der ungehobelte Preuße Heinz nicht verstehen. Von den Depressionen meines Mannes durfte nichts öffentlich werden: Die Patienten wären ihm weggeblieben. Nun, als Witwe, muß ich mich mehr noch in der Gewalt haben, wenn ich in dieser Stadt in Ansehen bleiben will."*

Werner ließ nicht nach, bohrte ähnlich wie der Zahnarztfreund Wilhelm zu Lebzeiten, nach dem Grund der Dinge:

„Hiltrud, gab es denn Gründe für Wilhelms Depressionen? Auch sogenannte ‚angeborene' Depressionen brechen ja nicht aus ohne realen Anlaß."

Ohne Umschweife, vielleicht aber in unbewußter Genugtuung dafür, daß sie zurückgesetzt worden ist von mir gegenüber ihren Töchtern, antwortete Hiltrud:

„Nach einem Anlaß fragst Du, ja? Ich vermute, was es war, aber es darf davon nichts öffentlich werden. Es gelten ja noch immer gewisse Tabus. Unter uns aber klarer Wein: Wilhelm war in eine unserer Töchter verliebt. Und er hat ‚gesehen', wie die und ihre Schwester mit einem Mann schliefen. Gesehen, das heißt: so gut wie miterlebt mit seinem Video-Überwachungssystem."

Werner schien endlich zufrieden zu sein, er hatte ja als einziger der ‚Toleranten' Wilhelms Überwachungsapparatur gesehen, ohne damals zu begreifen, wozu sie „gut" sein sollte. Nun wagte er Technikkritik, mit gutem Recht, auch wenn sie längst ein allgemeiner Topos ist:

„Ja, Wilhelm, der Technikfreak. Er glaubte gewiß, Euch voll im Griff zu haben. In Wirklichkeit hatte er sich zum Gefangenen der Apparate gemacht und schließlich zu deren Opfer."

Heinz, der als Händler vor Jahren weibliches „Fleisch" für seine Reklamefeldzüge mißbraucht – und schließlich dafür bezahlt hat, gab nun auch seinen Senf dazu:

„*Un weil er sieht, dett sein Töchterlein vöjelt, wird er depressiv un strippt sich uff? - Ne komische Folje von jeistjer Blutschande, wo er keenen anjefaßt hat un wo ooch keen Blut jeflossen is, höchsten 'n paar Droppen am Jaljen im Walde.*"

Werner wies ihn entschieden zurück:

„*Ach Heinz, Du bist zwar nicht so dumm, wie Du geschwätzig bist, aber zynisch und gemein, und das paßt doch nicht zu Deiner überlegenen Haltung als erfolgreicher Werbekaufmann. Du müßtest doch erkennen können, daß Wilhelm vermutlich Schuldgefühle wegen der Inzestwünsche zu seiner Tochter hatte. Man weiß oder könnte doch wissen, daß hinter Schuldgefühlen allemal verdrängte, nicht mehr wahrgenommene Aggressionen stecken, hier die gegen die Gesellschaft mit ihrem Inzesttabu (und natürlich – aus Angst bestraft und verlassen zu werden – auch gegen seine Frau). – Verzeih, Hiltrud, aber wenn ich ins Theoretisieren komme, geht der Gaul mit mir durch!*"

Hiltrud nickte, man kann das auch als Akzeptanz der Wernerschen Theorie deuten. Der deutete nun noch munter weiter:

„*Vermutlich hat auch Wilhelm seine Wut und seinen Zorn nicht wahrgenommen, statt dessen hat er diese Gefühle gegen sich selbst gekehrt, als ihn zerstörende Depressionen. So hab ich ihn auch zuletzt gesehen - mit einem Gesicht wie ein geprügelter Hund.*"

Heinz, natürlich Heinz, ein bürgerlicher Narr, behielt das letzte Wort:

„*Hurra! Et jibt ihm noch, wie stets und immer, den Teutschen: den jeduckten Untertan im Lem un mit 'n feijen Abjang in 'n Tod!*"

Die sechste Geschichte:

Fünftes Treffen der „Toleranten"
Ein Streit um Hetero- und Homosexualität – 2000

Meine Frau quält mich mit der Aufforderung, das letzte Treffen des ‚Bundes der Toleranten' und damit sein vorläufiges Ende nachzuerzählen. Wenn ich nicht eine gewisse masochistische Neigung hätte, könnte sie mich kreuzweise. Sie – und auch sonst alle – bekämen kein Wort zu hören von meiner Attacke auf unseren Freund Werner, den „Straßenbahner", wie wir ihn auch dann noch nannten, als er längst U-Bahnen in München steuerte. Mit diesen Berufen war er immer Außenseiter gewesen, trotzdem ein geachteter Freund in unserem Bündnis von lauter G'studierten. Am Vorabend zu unserem fünften Treffen, an dem zugleich mein 65ster Geburtstag gefeiert werden sollte, trafen wir mit konträren Lebenshaltungen aufeinander, und ich verletzte ihn bis auf die Knochen mit, wie ich es jetzt sehe, stock-reaktionären Angriffen auf seine sexuelle Orientierung!

Verlegen und schüchtern war er zu mir, in meine Wohnung, gedappert. Er hielt einen üppigen Blumenstrauß in seinen großen Händen, die ihn fast zerdrückten. Meine Frau, die „Hausfrau", nach der er gefragt hatte, war nicht da, so wußte er anscheinend nicht, wem er den Strauß geben sollte. Er versuchte, ihn mal hinter seinem Rücken zu verbergen, mal ihn sonst irgendwie loszuwerden. Dann, den Strauß – noch im Papier – weiter in der Hand, stotterte er irgend etwas von „Weibern" herum. Ich wußte nicht, was das sollte, was mit ihm los war und bat ihn, mir den Strauß zu geben, damit ich ihn ins

Wasser stellen könne. Werner hörte auch dann nicht auf, wirr von „Weibern" zu faseln, als ich ihm sagte, daß ich ihn so nicht kenne, sondern als den verschwiegensten und bescheidensten von uns und ihn bat, mir doch zu sagen, was ihn so verwirre. Als wir uns gesetzt hatten, auch etwas tranken, begann er sich frei zu sprechen (sich zu outen, wie man in elender Verachtung des Deutschen heutzutage sagt). Wie mit Granaten warf er nun mit Worten um sich:

„Ich will Dir sagen, was mich verwirrt. Du verwirrst mich! Du, ewig schon Du. Und wieder hast Du ein Weib. Du bist immer mit Frauen zusammen, mit Weibern. Es ist gemein, ekelhaft – Du und Deine Weiber!"

Ich verstand nicht. Was sollte denn ekelhaft sein und gemein an meinem Umgang mit Frauen? Und wieso verwirrte ich ihn? Die Antwort kam wie ein Schuß:

„Als Mann!"

Ich verstand nicht! – *„Als Mann"?*

Ohne Scham und Rücksicht auf die bürgerlichen Umgangsformen machte er mich an:

„Stell Dich nicht blöd. Vielleicht verstehst Dus so: ‚Ich steh auf Dich', ‚bin geil auf Dich!' oder in Eurem Bildungsjargon: ‚Ich begehre Dich' – Ja, ich begehre Dich! Ich wollte Dich damals schon, vor 40 Jahren, Dich, diesen früh männlich-reifen Abiturienten, den die Mädchen, die Weiber, umschwärmten."

„Schwul, schwul" schauderte es mich, dieser alte Mann! Macht mir Geständnisse, Liebeserklärungen. Mir! Ich konnte ihn nicht verstehen. Ich hätte ihn auch damals abgewiesen,

damals kurz nach dem Abi, als wir alle noch schön waren, und er uns zu Abenteuern mit dem Odeur des Erotischen geschleift hat. Zum Beispiel ans Bett dieser Dirigenten-Liebsten und ihrem Gespreize, das sie ihr ‚Lever' nannte. Jetzt noch, hier bei mir, schien sich der alte Schwule an den lockenden und zugleich verweigernden Spielen der üppigen Blondine zu weiden: Sie hatte ihn mit Burt Lancaster verglichen, hatte dessen von breiten Schultern zu einem schmalen Becken verlaufenden Körper nachgezeichnet mit ihren zu einem Riesen-V gebogenen Armen, die sie scharf nach unten schlug. Dazu hat sie ‚f...t, f...t' durch die Zähne gezischt. Und mit diesem Superkörper trug der junge Werner das Gesicht des Jean Marais umher. Daß dies Kino-Gesicht seine erotische Orientierung ausdrückte, ahnten wir nicht. Und jetzt verstehe ich wieder nichts, begreife vor allem nicht, daß den Kerl noch im Alter diese perverse Lust plagt. Aber von Plage wollte er auch jetzt nichts wissen, sah eher uns Heterosexuelle, vor allem die verheirateten unter uns, im Unglück und hörte nicht auf, mir seine perverse Lust anzutragen. Ich verlor bald die Geduld und brüllte ihn an:

„Werd' nur nicht frech, nur nicht vulgär, Du tappiger Arschficker!"

Das gab er mir umgehend zurück:

„Jetzt bist <u>Du</u> vulgär! Du ‚Hetero', glaubst wohl auch, daß wir Schwulen ausschließlich das machen, was Du bei Deiner Frau und anderen Weibern gern machen möchtest, es aber nie oder selten nur darfst! Ach, Freund, was heißt schon

Arschficken, das ist auch nur eine Metapher auf viele und individuell verschiedene ‚Praktiken', von denen Ihr nur träumt."

Inzwischen war unser Freund Heinz aufgetaucht, vermutlich hat er unsere wechselseitigen Gemeinheiten mitgehört, sich aber zunächst nicht eingemischt.

Ich aber ließ nicht locker, den alten Freund Werner, der nun ein schwuler „Feind", war, anzugreifen. Zu sehr fühlte ich mich beleidigt durch seinen Antrag und nun auch durch seine Herabsetzung der normalen Sexualität. Ich warf ihm vor, daß er und die meisten seiner „Schweinebande" (ja, so beschimpfte ich die schwulen Freunde meines „Bundesfreunds"), daß sie die Sexualität auf ‚Praktiken' deshalb reduzierten, weil sie die Liebe zwischen den Geschlechtern nicht kennen würden.

„Ach", höhnte ich, *„gegen uns seid Ihr arm dran, ohne die Liebe mit ihrem weiten Kranz tiefer Gefühle, mit denen sie Mann und Frau umschließt,."*

Heinz, der noch an die Eingangstür gelehnt, mit offenem Maul zuhörte, rührte sich immer noch nicht. Es mußte wohl für ihn erst noch schlimmer kommen. Und es kam schlimmer: Werner schlug gegen den Vorwurf der Lieblosigkeit zurück – zynisch, wie ich es empfand:

„Ach, Zuckerschnäutzchen, wenn Du Liebe willst, wirst Du sie auch bei uns finden, aber ein schneller Fick ist auch nicht zu verachten; Da weiß man ja nie, ob sich nicht gerade aus ihm eine tiefere Beziehung entwickelt, weil Lust ihre Grundlage ist. Das Elend bei Euch Heteros ist oft die Unfähigkeit, Lust zu empfinden und zu geben - man braucht sich bloß die wandelnden Frustfressen aus Euren Ehen anzusehen!

Außerdem, wer sagt denn, daß unsere Beziehungen aufs Sexuelle beschränkt sind. Sie sind es ebensowenig wie die Euren. Außerdem haben schwule Paare oft ein reicheres Leben als heterosexuelle: auf vielen Bereichen, vor allem auf kulturellen, wo oft genug Deinesgleichen ungelenk, mißvergnügt und schließlich erfolglos oder für nichts als gequirlte Glotzenscheiße sich abrackert. Überall dürften ‚unsre Leut' entschiedener, besser und erfolgreicher sein. Uns haben die Kämpfe um Anerkennung hinaufkatapultiert auf Ebenen des Erfolgs, wo Ihr uns nicht erreicht und wo wir von Eurem verbiesterten Neid belagert und gekränkt werden."

Lachen hätte ich sollen über diese Erfolgs-„Meldungen" eines Straßenbahnschaffners, aber der Zorn riß mich mit und ich höhnte ihn an:

„*Muß kalt sein auf diesen hohen Ebenen für einen ‚warmen Bruder'!*

Der, nicht verlegen, schoß gezielt zurück mit schwerem Geschütz in meine verwundbarste Stelle:

„Der Herr Schwindelprofessor sollte lieber nicht spotten. Er hat bei Weibern größere Erfolge gehabt als in der Wissenschaft mit seinen dürftigen Arbeiten, diesen dreisten Kompilationen aus Bekanntem, nahe am geistigen Diebstahl! Ha! Der ewige Herr Privatdozent hat doch tatsächlich Karriere machen wollen, ohne auch nur ein Fitzelchen Neues zu publizieren. Auch dann nicht, als er eine C-3-Stelle in Göttingen vertreten konnte. Mag er nur ruhig solch geistige Impotenz für ‚kultiviert' halten."

Ich glaubte mich wehren zu müssen, während ich doch besser geschwiegen hätte, denn seine Angriffe entsprangen ja enttäuschter Liebe. Das wollte ich damals Schwulen nicht zuerkennen, und so glaubte ich im Recht zu sein, wenn ich ihm Paroli bot:

„Ach ja, Schwulo, nur Du bist kultiviert, so sehr, daß Du einen Freund verleumdest, um Deine niedrige soziale Stellung zu verdecken. Und daß ich nicht lache: Ihr ach so kultivierten Homos, Ihr angeblich so überragenden Literaten und Schauspieler, Ihr müßt Stricher bezahlen für Eure ‚natürlichen, kultivierten und vielseitigen' sexuellen Praktiken, vor allem im Alter, nicht wahr?! Nur schade, daß so viele von Euch dabei verrecken, totgeschlagen oder erstickt werden!"

Auch darauf versuchte Werner zurückzuschlagen: mit einer albernen Retourkutsche:

„Verrecken und totgeschlagen? Mei, vermutlich sterben bei uns durch kriminelle Stricher usw. auch nicht mehr als bei Euch bei Euren Bordellbesuchen oder während der ‚Rosenkriege' in Euren ach so natürlichen Ehen."

Endlich griff Heinz ein. Er lehnte zwar noch an der Tür, so als müsse er eine Stütze suchen, fuhr aber mit trockener Härte uns beiden übers Maul:

„Schluß jetzt! Tach, Ihr Arschlöcher! Könntet mir endlich die Hand geben und Euch gegenseitig auch!"

Wir gaben nur ihm die Hand, und verharrten beide in sturer Kampf- und Krampfhaltung.

„Ick möchte wissen, wat hier los is, bei Euch un mit Euch. Ick ha nur vastand'n, det Werner schwul is un sich geoutet hat

un det Konrad 'n altmodischer Moralapostel is. Wat ick nich vastehe, is der üble Streit. Wat hatn Dir Werner eijentlich jetan, Konrad?"

Viel wußte ich ihm nicht zu antworten, nur daß *„dieser Bastard"* hochtönend seine schwule Perversion als normal ausgegeben und behauptet hat, sie sei der natürlichen Heterosexualität überlegen, und überlegen seien die Homos uns Normalen nicht nur im Erotischen, sondern auch im Kulturellen und Sozialen!

„Solch einem Blödsinn, Heinz, mußte ich doch mit Vernunft, Erfahrung und schließlich mit hartem Spott begegnen!"

Heinz war leider nicht ohne weiteres auf meiner Seite, ja er unterstellte mir, daß ich, wie er wohl gehört habe, statt zu argumentieren, gepöbelt und beleidigt hätte, so daß er es nicht leicht habe, uns zu versöhnen, zumal ja Werner mir nur mit gleicher Münze zurückgezahlt habe. Werner, das Arschloch, blieb frech und meinte, es sei ihm ja nichts anderes übrig geblieben:

„Denn: „Wie es in den Wald..."

Heinz ließ ihn seine alberne Redensart nicht zu Ende faseln und meinte in seinem Berliner Jargon entschieden:

„Eene janz blöde Redensart, Frieden stiftet se nich, se reizt höchstens ßur Konfrontation. Ick bin ja hier nich inne Funzion von een Fußballschiedsrichter, da müßt' ick ja Eure unfaire Holzerei jleich abpfeifen."

Trotzdem nahm er Stellung, griff zurück auf die Ideale unseres Bündnisses und legte hochmoralisch los:

"Nach meiner unmaßgeblichen Meinung kann es zwischen verschiedenen Arten menschlicher Sexualität keinen Wettstreit geben, weil sie jeweils originär und damit nicht gegenseitig zu werten sind. Deswegen solltet Ihr Frieden schließen, solltet einfach die erotische ‚Spielart' des anderen respektieren. Wißt Ihr denn nicht mehr, daß wir mal geschworen haben, lebenslang Toleranz zu halten?!"

Darauf der durchtriebene, schwule Fuchs, er tat, als wolle er dem Heinz folgen, setzte damit aber mich wieder ins Unrecht:

"Ich will Dir nicht widersprechen, Heinz, und ich kann auch ‚Frieden halten', aber Konrad müßte das Gezackere lassen! Er war doch für mich wie für uns alle ein Freund, aber seine Sexualtheorie ist derart antiquiert, als hätte sie der vorige Papst oder gar ein hinterwäldlerischer Bischof formuliert. Und trotzdem hat er bei dem irrwitzigen Versuch, ausgerechnet hier, unter südlich-schwarzem Himmel, für die Verbreitung seiner so viel helleren Kunsttheorie einen Lehrstuhl zu erhalten, Schiffbruch erlitten, und - mit seinem Starrsinn - seine Chancen im Norden vergeigt."

Konrads Resümee

Bisher habe ich versucht, Geschehen und Dialoge dieses letzten Treffens der „Toleranten", an dem ich zugleich auch meinen 65ten Geburtstag feiern wollte, so umständlich wie wahrheitsgemäß zu rekonstruieren. Mich hab ich nicht geschont und meinen Widerpart korrekt zitiert mit seinen hypertrophen Aussprüchen zu Homo- und zur Heterosexualität. Resultat meiner Anstrengung, die Wahrheit, nichts als die Wahrheit zu berichten, ist nun, daß diese Niederschrift von beiderseitigen Gemeinheiten trieft. Nun ja, der Tag verlief so. Jetzt aber, nachdem innere Ohren und der Kopf dröhnen von den letzten Sätzen dieses schwulen Kerls, die ich selbst herausgekramt habe aus meinem Gedächtnis, jetzt kann ich nur mit Mühe das „Große Kotzen" zurückhalten, das herauszubrechen droht mit der Erinnerung an seine Sottisen über meine generelle Kunsttheorie und meine vergeblichen Versuche, eine Uni-Stelle zu erhalten. Das traf damals den Lebensnerv, und es trifft ihn noch. Meine Versuche, trotz dieser Niederlagen auf den Beinen zu bleiben mit Beschäftigungen, die mir das Selbstbewußtsein kräftigen sollten, darunter Versuchen, aus den Fähigkeiten des gelernten Tischlers Kunstarbeit zu entwickeln, das gerät, wie meine noch verschwiegenen literarischen Schreibversuche, in Gefahr, in dieser alten, jetzt von ihm, bzw mir wieder beschworenen Scham zu versinken.

Deshalb gebe ich es auf, aus meinem Gedächtnis diesen Tag vollständig zu rekonstruieren. Ich werde Gisela bitten, nach anderen Quellen zu suchen. Vielleicht hat dieser Werner was protokolliert oder jemandem erzählt; der beste Zeuge, Heinz, starb an diesem Tag.

Gisela schimpft, sucht aber nach einem Ausweg

Dieser alte Narr, er hat soviel schon von seinen stinkreaktionären Ansichten zur Homosexualität und mehr noch von seinen erzgemeinen Angriffen auf unseren Freund Werner zusammengetragen und aufgeschrieben, jetzt kneift er, ist gekränkt, fühlt sich herabgesetzt, weil er ein 10 Jahres altes Urteil über seine wissenschaftliche Karriere herausspürt aus Worten seines Freund-Feindes, die er selbst ausgegraben hat. Nun schickt er wieder mich vor.

Ja, ich mach es und versuche, den Werner aufzutreiben. Hiltrud könnte wissen, wo er sich aufhält, aber wo ist Hiltrud? Seit dem Tod ihres Mannes hat man nichts von ihr gehört. Und wenn man es recht bedenkt: Etwas Wirkliches, über Berufe und/oder wissenschaftliche Publikationen, auch über künstlerische Arbeiten hat man von ihr ebesowenig gehört wie über ihr Eheleben, und das obwohl sie bei jedem unserer Treffen zu Wort gekommen ist: mit arroganten Belehrungen, Ironie und Sarkasmen, nur nicht mit etwas, mit dem sie ihre Leben vortäuschenden Masken auch nur ein Jota gelupft hätte. Wie schwer es mir auch fiel: Ich mußte, um etwas über Werner zu erfahren, erst nach Hiltrud fahnden.

Ich habe nach ihr mit ihrem vollen Namen und voller Titulatur gesucht: nach Hiltrud Zauner, Dr. med. et phil.. Die üblichen Mittel: Telefon-Buch und -Auskunft versagten, selbst im Internet, durchsucht von einem meiner ehemaligen Zöglinge, fand sich nichts. Deswegen allein schon hatte ich einen Geheimdienstverdacht. Ich fragte Gerlinde, die älteste ihrer Töchter, die, jedermann erreichbar, im Museum für Angewandte Kunst in K. als Kustodin seit Jahren arbeitet. Sie gab mir die Telefon-Nummer ihrer Mutter. Hiltrud hat es, entgegen einem vermutlich strickten Verbot, nicht über sich gebracht, entweder auf Kontakte zu ihren Kindern gänzlich zu verzichten oder sie den verschlungenen Kommunkationsvorschriften und der automatischen Überwachung auch ihrer intimen Gedanken und Gefühle durch eine „Behörde" zu überlassen. Ich fand sie gleich nach einem Telefonat und bin, so schnell ich konnte, zu ihr an den Rhein gefahren – zu ihrem alten Haus, von dem Konrad so fasziniert war, wo sie noch oder wieder wohnte. Sie war zunächst recht zugeknöpft zu mir, ihrer alten Freundin aus dem „Bund der Toleranten". Mit einiger Mühe, viel Geduld und freundschaftlichem Willen, nicht zuletzt mit etlichen Gläsern Prosecco sind wir wieder „warm" miteinander geworden, und so begann Hiltrud, mir die Geschichte ihrer „Geheimdienstverstrickung" zu erzählen:

„Nach Wilhelms Tod war ich monatelang wie gelähmt, geistig und körperlich. Ich ging nicht aus dem Haus und überließ mein Gehirn blindem TV-Konsum. Wenn mir niemand etwas kochte – manchmal nur übernahm das Kochen eine meiner Töchter – aß ich auch nicht, fiel vom Fleisch und wurde nach heftigem Trinken mehr und mehr aufgedunsen. Ich trank alles mir Erreichbare: Wein, Liköre, Aperitive, bis die Vorräte aufgebraucht waren. Neuen Stoff zu besorgen, war Anlaß, das erste Mal rauszugehen. Als mir am Rheinufer die Sonne ihr Feuer ins Gesicht schlug und ein dreister Wind Luft

in die Lungen blies, wars wie ein schwerer elektrischer Schlag, der mich ins Leben warf und mich auftaute zu einer neu-alten Hiltrud. Blut, Gedanken, Atem, ja, vermutlich auch die Verdauung zirkulierten schneller, stellten mich wieder her als lebendigen Menschen. Dann begann auch das Geschlecht sich zu rühren und mich vollends zum Menschen zu machen. Welch Überraschung, Freude am Leben wachsen zu spüren! Dabei wußte ich nicht, wofür ich leben würde, ich wußte nur, daß ich in Bewegung bleiben mußte, um gerüstet zu sein, wenn ich zugreifen könnte. So oder ähnlich dachte ich, noch immer oder wieder im Kinderglauben, das Gute, Schöne, das Allerwichtigste und Unerwartete kämen von außen, oben oder aus den Tiefen des Seins.

Ich bin nicht zu Arbeit und Selbsttätigkeit erzogen worden und habe auch in der Ehe mit Wilhelm nicht lernen müssen, daß man das, was man sein und haben will, nur in eigener Anstrengung – manchmal auch mit dem sprichwörtlichen Quentchen Glück – erreichen kann. Vermutlich habe ich auch deshalb die beiden Doktortitel, die mich freilich Anstrengung genug gekostet haben, wie Trophäen vor mir hergetragen, ohne Wunsch und Willen, sie in einem Beruf einzubringen. Nun aber trieb ich meinen wiedererwachten Körper ein paarmal die Woche die Rheinpromenade auf- und ab, um mich wieder zu spüren und mir nicht wieder verlorenzugehen. Daheim, bei günstigem Wetter auf einer Promenadebank, las ich viel und versuchte auch, meine Sprachenkenntnisse aufzufrischen!"

Ich staunte, staunte darüber, daß die uns allen so stark erschienene Hiltrud sich so fallenlassen konnte. Offensichtlich hatte die Liebe zu Wilhelm, selbst wenn sie in den letzten Jahren nachgelassen hatte, sie in diese abgründige Trauer gestürzt. Mehr aber staunte ich über ihre Wieder- ja, Neugeburt, allerdings mit gewissen Vorbehalten über ihre so späte und noch nicht verwirklichte Erkennnis einer aktiven Lebensgestaltung. Als wir uns Tage später wieder trafen, sprach sie von einer „schicksalhaften" Wendung ihres Lebens, Sie beklagte, rot von Kopf bis Fuß, in gequälten Satzfetzen, daß diese „Wendung" nur Negatives gebracht habe: weder neue Kenntnisse, noch freie Berufsausübung und schon gar nichts, das den Forderungen aus ihrer Jugend nach individueller Revolutionierung wenigstens im Ansatz geähnelt hätte. Im Gegenteil: Sie sei in brutale Abhängigkeit und Unfreiheit, ja, in ein Sklavendasein geraten und habe in einem verrufenen Beruf unter charakterlosen Ekelfiguren „arbeiten" müssen.

Meine Fragen, wann, wie und wo und in welche Arbeitsstelle sie da geraten sei, hat sie lange nicht beantwortet. Immer wenn ich fragte, klammerte sie sich zitternd an meinen Arm, sprach nicht und hieß mich zu schweigen. Vor drei Wochen erst, in der spätherbstlich-frühen Dämmerung drehte sie sich schräg gegen mich; so verdeckt, sprach sie, daß frontal keine Worte von ihren Lippen hätten abgelesen werden können.

„Man hat mich angerempelt, beim Spaziergang am Rhein, ein Mann, der sich nur nuschelnd entschuldigt, aber nicht versucht hat, Kontakt zu knüpfen. Er ist ohne ein Wort weitergegangen. Im dem Augenblick hat sich mir eine Frau, damenhaft gekleidet, um 40 alt, seriös auch in buchdeutscher Aussprache, empört über den Rüpel, genähert, hat Hilfe angeboten und mich eingeladen auf einen Kaffee, gleich ins Café um die Ecke.

Sie war sehr zurückhaltend, außer nach meinem Namen und, ob ich von ‚hier' sei, hat sie mich nach nichts gefragt. Wir plauderten schon nach wenigen Minuten miteinander – über Belangloses, hatten aber beide den Wunsch, den Kaffeeklatsch zu wiederholen. Es kam auch dazu, und aus dem bloßen Plaudern wurde bei wiederholten Treffen auch Gedankenaustausch: über Frauenrechte, Sprache, Politik, Revolutionen und mehr. Da hatte sie mich schon bei den Gedanken und Träumen meiner Jugend, bei unserem ersten Treffen, nicht wahr Gisela?! Sie wurde mütterlich, ermahnte mich zu Spaziergängen, ja, leichtem Laufen, womit ich meine Gesundheit stärken könne. Das lag und liegt mir nicht, und so wurde sie gar mißmutig: Wenn ich doch wenigstens arbeiten würde, um endlich in einer, frauen- ja, einer menschenwürdigen Art und Weise leben zu können. Das kränkte mich, schließlich hätte ich mit aller Menschenwürde zwei Kinder geboren und aufgezogen, den Haushalt geführt und als Sprechstundenhilfe zeitweise auch meinem Mann beigestanden. Sie hielt sich den Mund zu, offensichtlich, um nicht laut zu lachen und herauszuplatzen mit Bemerkungen wie, daß das alles olle Kamellen und mir und meiner geistig-körperlichen Gesundung nichts nützen würde. Sie wiederholte ihre Kritik an meiner „Arbeitslosigkeit" bei allen folgenden Spaziergängen und Kaffee-

klatschereien fast stumm, in übler Laune. Scheint, daß ich weichgekocht wurde: Ich hielt das Schweigen in dieser für mich so neuen und wichtigen Beziehung nicht lange aus. Glaubte die Retterin und Freundin attakieren zu können: Wenn sie schon von arbeiten rede, dann bitte nicht einfach so dahin, sie müsse schon konkret werden, mir Arbeit vorschlagen, der ich auch gewachsen sei."

„Gut Hiltrud", sie schrie den Namen fast, „gut, Du sollst Dir sofort etwas ansehen, was Du mit Deinen Fähigkeiten beherrschen kannst und wobei Du körperlich nicht überfordert sein wirst."

„Schon am nächsten Tag nahm sie mich mit in ihre Arbeitsstelle, wie sie sagte: ein flaches Gebäude, mehr versteckt als anziehend für Besucher oder Architekturfreunde hinter einer heckendurchflochtenen Reihe noch junger Bäume, hinter denen es sich noch lang und tief am Flußufer hinzog. In einem kleinen, separaten, fensterlosen Raum setzte man mich vor einen leeren Schreibtisch, brachte dann dicke Packen Papiers: Briefe, Aufsätze, und so weiter, jedenfalls alles ausgearbeitete Texte, uralt, von keinem gegenwärtigen Interesse. An einigen Blättern davon – ich sollte sie mir ruhig erst einmal ansehen und dann 4-5 auswählen, über die sollte ich mich als Germanistin hermachen und sie auf Stil, Ausdruck und grammatikalische Richtigkeit durchsehen und gegebenenfalls korrigieren. Ich machte das, es fiel mir leicht, und ich kam wieder. Beim dritten Mal kam ich in ein richtiges, helles, klimatisiertes Büro, inmitten einer handvoll weiterer Mitarbeiter/innen. Auch die Schriftstücke, die man mir hier vorlegte waren neuer, die

Schrift auf neuem, hellem Papier, datiert und oft erkennbar signiert. Und es waren zum Teil interessante politische Texte, deren Inhalt (mir) weder durch Presse noch durch Fernsehen bekannt war. Hier schon ahnte ich was, beim nächsten Mal, als beim Überreichen der Texte der Ausdruck – ‚allerstrengste Vertraulichkeit'– fiel, mir klar wurde, nämlich, daß ich bei einem Nachrichtendiest, Verfassungsschutz, jedenfalls bei einer Spionageeinrichtung gelandet war. Es lief mir heiß den Rücken hinunter, daß ich hier nicht wieder rauskäme. Inzwischen hatte man mich auch an meiner zweiten Fähigkeit, der medizinischen gepackt und mich eine Reihe von Texten auf Krankheitszeichen, insbesondere auf psychische Erkrankungen, durchsehen lassen – ohne Zweifel, um Erpressungsmöglichkeiten zu finden. Die germanistischen Recherchen waren nur Vorwand gewesen, um meine Scharfsicht zu testen – bei genaueren Untersuchungen der Texte hatte ich nun vor allem auf politische Äußerungen, auch versteckte und larvierte, zu achten. ‚Positive' ‚eigentlich ‚negative' „Erkenntnisse" wurden, so glaube ich, benutzt (mißbraucht), um die Anstellung junger Menschen in Staatsdienste, aber auch in private Firmen zu verhindern, oder zu erschweren. Man benützte die Papiere, um in Einstellungsgesprächen den Vorwurf der Verfassungsfeindlichkeit zu erheben und darüberhinaus ein Klima allgemeiner Angst vor Berufsverboten wegen politischer Veröffentlichung, ja der bloßen Äußerung von Gesinnungen zu erzeugen – im Effekt, das zu tun, was man den (jungen) Menschen vorwarf: Als beamtete ‚Verfassungsfeinde' einen wichtigen Teil der verbrieften Grundrechte auszuhebeln.

Und solch eine Ekel-und Schweinearbeit machte ich nun! Man legte mir schließlich einen Arbeitsvertrag mit ausgeklügelten Verschwiegenheitsvorschriften vor und verpflichtete mich noch dazu durch Eidesleistung zur Verschwiegenheit. Ach, Gisela, ich kann und will Dir nicht die Plagen, den Streß, den Kummer und das Entsetzen beschreiben, das ich bei jedem Federsrich, ja bei jedem Schritt in diesem Gebäude durchlitt. Und es war kein Entkommen. Erst jetzt, seit ich 2 Jahre in Rente bin, muß ich wenigstens nicht mehr in diese Betonhölle gehen. Zum Schweigen bleibe ich verdammt. Und natürlich jetzt auch Du, Gisela, mir zu liebe!"

Dieser wie gefoltert wirkenden Hiltrud wollte ich eigentlich nicht zumuten, was ich, sollte die Erinnerung an unser fünftes Treffen einen Abschluß finden, ihr zumuten mußte. Ich erklärte ihr unser, gewisermaßen auch ihr Problem: den Text von Werner zu finden, in dem dieser die zweite Hälfte seiner Auseinandersetzung mit Konrad schildert. Ich sagte ihr, daß Eleanora, die geschiedene Frau, jetzt Witwe von Heinz, und Freunde von ihr mitbekommen hätten, wie Werner einen Packen Papier mit der Aufschrift „Kampf um Männerliebe, Teil II, protokolliert von Werner Rübesam, München 2001", in seiner Wohngemeinschaft deponiert habe. Dort aber war es, als ich danach fragte, nicht mehr aufzufinden. Die ein wenig debile letzte Bewohnerin der WG flüsterte nur: „Das hat der Wolf geholt".

„Ha!" schrie Hiltrud, „Mein Chef! Und so ein Paket hab ich auch gesehen, ohne zu wissen, was es war! Ich hols Dir! Morgen hast Du es – egal, wie es dahin kam, wohl nach einer *dieser sinnloen „Antiterror"-Hausdurchsuchungen, die meist nur die trafen, die unbürgerlich lebten, wohlgetarnte Terroristen aber nicht!"*

Sie brachte am nächstenTag das Paket vorbei, es enthielt tatsächlich Werners Aufzeichnungen des Streits zwischen Konrad und ihm.

Jetzt können und werden wir auch Werners Aufzeichnungen für ein faires Bild unseres Freundes und seiner Auseinandersetzung mit Konrad nutzen. Wir, Konrad und ich, übernehmen als Fortsetzung des von Konrad begonnenen Berichts Werners posthumes Protokoll. – Bei massiv differierenden Passagen in den Papieren der Kontrahenten werde ich darauf dringen, Sachlichkeit herzustellen; gelingt das nicht, muß ich wohl die Versionen der Kontrahenten gleichwertig nebeneinanderstellen.

Großes Interesse am Zusammenfügen der Berichte über den Streit während des letzten Treffens der „Toleranten" zeigt auch Hiltrud, deren Mut und Findigkeit wir sehr bewunderten. Sie saß bei uns unter den Bäumen und zitterte noch lange. Mit dem ihr abgezwungenen Scharfsinn, brachte sie uns alle darauf, daß ja die Kontrahenten Konrad und Werner das Treffen nicht hätten allein bestreiten dürfen, und wo denn die anderen gewesen seien?

„Wer denn noch, Liebe? Ach ja, Du und ich, saßen wir nicht hier unten im Café und warteten auf die beiden Männer?! Die kamen nicht, und so blieb das letzte Treffen reduziert auf den Kampf differenter sexueller Neigungen. Immerhin, endlich

– Liebste, endlich erfahren wir, wehalb Werner nicht studierte. Unvorstellbar heute, daß Studieren Schwulen verwehrt sei!"

Aus Werners Notizen

Heinz, der schon vergeblich versucht hat, den Streit zwischen Konrad und mir zu beenden, hat sozusagen hilfsweise angeregt, daß ich, um den Streit ein wenig abzumildern, dem Konrad die Gründe nennen sollte, weshalb ich, als ein Abiturient aus unserer Klasse, nicht studiert hätte und statt dessen ‚Straßenbahner' geworden sei.

Ich hab ihnen erzählt, daß ich schon als Schüler begonnen habe, meine sexuelle Orientierung bewußt einzusetzen, um mir ein besseres, ein kultivierteres Leben zu verschaffen: Bücher, Theater- und Ausstellungsbesuche, gute Kleidung, elegante Schuhe, Ausflüge und kleine Reisen – halt alles, was in den frühen Wirtschaftswunderjahren begehrenswert war, auch für Jugendliche. All das erhielt ich von Männern, gebildeten, wohlhabenden älteren Herren, deren Bekanntschaft ich suchte und die ich nicht aktiv zu verführen brauchte: Damals war ich so attraktiv, daß ich nur an den Orten zu erscheinen brauchte, wo solche Menschen verkehrten. – Konrad, dieser rohe Kerl, konnte es nicht lassen, mich anzugreifen, mitten in meine Erzählung brüllte er rein:

„*Ein sauberes Bürschchen, und so eingebildet, damals wie heute!*"

Heinz wies ihn zurecht:

„Kanstet wohl nich lassen, noch mal sowat, un Du kriechstet mit mir ßu tun!"

Das tat mir gut, und ich konnte beruhigt weiter erzählen: Ohne die Angebote dieser Männer zu prüfen, ohne auch nur nach ihren Gewohnheiten oder nach ihrer Zahlungsfähigkeit zu fragen, ließ ich mich wie einen bunten Falter einfangen. Das wurde mir schließlich zum Verhängnis: Einer dieser Herren zahlte nicht, und als ich hartnäckig mahnte, wurde er pampig, ja mehr als das, er zeigte mich an und ließ mich vor Gericht zerren. Damals war Homosexualität generell, nicht etwa nur öffentlich angebotene, verpönt, sie wurde – für Männer – bestraft nach § 175 Strafgesetzbuch. Mein Richter, damals galt einer wie er als ‚liberal', tat sich darauf etwas zugute, daß er mir „nur" 1 Jahr Gefängnis auf Bewährung aufbrummte. Für mich war's die Katastrophe: Für Medizin durfte sich ein Vorbestrafter, zudem ein Homosexueller, nicht einschreiben. Das Arbeitsamt verschaffte mir dann die Ausbildung zum Trambahnschaffner in München.

Noch einmal rotzte Konrad dazwischen, diesmal aber nicht ungestraft:

„Da hat der Kleene, ja 'n richtchen Lehrberuf ergriffen, bestimmt mit 'ner schweren Abschlußprüfung. Kann er eigentlich nur bestanden haben, weil er allen Prüfern sein süßes Ärschchen zur gefälligen Bedienung angeboten hat!"

Heinz sprang auf Konrad zu, knallte ihm Eine und brüllte:

„Hättst eijentlich 'ne janze Tracht vadient, Frag Dich mal, wer hier die Sau is!"

Dieser Rüpel Konrad fühlte sich noch zu Unrecht geohrfeigt und kündigte an:

„Bei Gelegenheit, Heinz, bekommst Du die zurück!"

Der aber ließ sich nicht aus der Ruhe bringen und meinte nur trocken:

„Diese Gelegenheit wollen wir ihm nicht verschaffen, statt dessen solltest Du uns was aus diesem Beruf erzählen, den der Banause da gern lächerlich machen möchte, zum Beispiel etwas über die Menschen, die man da kennenlernen kann."

„Ach Heinz", antwortete ich ihm, „das ist doch ewig her; ich habe ja zuletzt U-Bahnzüge gefahren, da hatten wir keinen Kontakt zu Menschen. Die Stationsausrufe und Aufforderungen zum Einsteigen kann man ja nicht ‚Kontakt' nennen. Viel hörte ich auch vorher nicht in den Trambahnwägen, sogar, als ich noch als Schaffner arbeitete. Es kam sehr selten zu Gesprächen unter den Fahrgästen in den vollgedrängten Wägen. Die Leute schwiegen, morgens und abends in den rush hours. Damals war einzig und immer wieder nur das ewig gleiche ‚Steigen Sie aus?' zu hören, diese typisch Münchnerische Verkehrung des eigenen Wunsches auszusteigen in eine Frage an andere."

Heinz hält sich den Bauch vor Lachen:

„Ick bin ja och schone Weile hier, aber Straßenbahn bin ick nur in Balin noch jefahrn, da stiegen die Leute einfach aus, un wenn wer im Weje war, schubsten se den ßur Seite un sachten eenfach ‚Tschuljun'.

Komisch sin se, die Münchner, erst recht, wenn se höflich sein wollen. Et sieht so aus, als müßten sie immer erst jemanden oder etwas vorschieben, wenn sie selbst etwas ham wollen oder sich wünschen!"

Da mußte ich dem vor 40 Jahren aus Berlin Zugereisten widersprechen:

„Wenn Du genau hinhörst, Heinz, hörst Du, daß die zitierte Formel, eigentlich eine etwas verquere Höflichkeitsfrage ist: Wenn der Gefragte aussteigt, wird es keine Rangelei geben, steigt er nicht aus, hat er den allersanftesten Anstoß, Platz für die zu machen, die aussteigen möchten. Außerdem, so höflich, wie in der Tram, ist der Münchner sonst nicht. Aber darüber können wir jetzt nicht sprechen."

Und wieder spieterte dieser Konrad:

„Spekulationen, ausgegeben als soziologisch korrekt erhobene Befunde. Woher hast Du diesen philosophischen Touch, Werner?"

Was blieb mir übrig, als ihm halb frech, halb informativ zu antworten, um damit zugleich Heinzens Wunsch nach erlebten Geschichten von mir als Straßenbahner zu erfüllen:

„Ach, Konrad, Kunstgeschichtler! Über Erfahrungen kann man doch nicht zu streiten. Das Philosophieren betrieb nicht ich, sondern ein Fahrgast, ein Professor der Münchner Uni. Der fuhr tagtäglich morgens von Obermenzing mit meiner Linie, der 3 damals, bis zum Uni- Gebäude:Geschwister-Scholl-Platz, abends zurück bis zur Endstation."

Heinz, der die Streitsituation zwischen mir und Konrad weiter entspannen wollte, bohrte nach:

„Gibt's denn nichts zu erzählen von diesem Professor aus Deinem Tram-Leben? Tramfahrende Professoren sind ja selten und schon deshalb für 'ne Anekdote gut."

Er hätts nicht besser treffen können: Ich erzähle gern, fabuliere auch und schmücke aus, wovon immer ich – im Prinzip – wahrheitsgemäß berichten konnte:

„Oh ja, es gibt so was, was richtig Schönes: Mein Professor hängte sich schon seit Ewigkeit bei vollem, oft auch bei halb leerem Wagen mit einer Hand in eine dieser über den Köpfen baumelnden Schlaufen, er blieb da drin, auch wenn sich der Wagen lehrte und er sich bequem hätte setzen können. So blieb er eines Tages auch hängen – bis zur Kehre der Endstation bei Obermenzing. Ich rief ihn vom Fahrersitz aus an – ich war schon eine Weile Trambahnführer – Herr Professor, wir sind da, Sie müssen aussteigen!'

Er rührte sich nicht, auch nicht, als ich ihn noch ein paarmal angerufen hatte. Ich verließ – vorschriftswidrig – den Fahrersitz und ging hinter zu ihm: Seine Hand steckte, fest geschlossen, schon fast kalt, in der Schlaufe: Mein Professor hatte in meiner Tram seinen – leichten Tod gefunden."

Während ich erzählte, begann es Heinz schlecht zu gehen. Ich blickte auf, sah direkt zu ihm, der sich kreidebleich an die Lehne eines Stuhls klammerte, auf den er anscheinend zum Sitzen nicht mehr hinaufkam. Er hatte vermutlich beim Atmen Schmerzen: Er drückte eine Hand auf die linke Brust, so als versuche er, sein Herz festzuhalten und die Schmerzen wegzudrücken.

Konrad war blind für Heinzens Zustand, er konzentrierte sich nur darauf, mich zu verhöhnen:

„*Hui, die Münchner Tram ein Vehikel für Philosophen! Ich hab von deren Einfluß aufs ‚Personal' nichts bemerkt. Als ich hier in München, der ‚Weltstadt mit Herz', wie man sich offiziell bebauchpinselte, studierte, konnte ich mit kaltem Humor hören, mit welch ruppigen Sprüchen manch Trambahnfahrer seine Fahrgäste belehrte, wenn die Bahn wenige Meter nach der Haltestelle an der Ampel noch einmal, oft recht lange, halten mußte und noch jemand zusteigen wollte. Da tönte es über die Außenlautsprecher so:*

‚Koast net lesn, oide Trutschn, hier is koa Haltestelln',
    oder:
‚Hätst di halt g'schickt, jetzt samma scho weg.'
Ähnliches konnte man immer wieder hören."

Widerwillig, wenn auch nur zum Teil, mußte ich dem Ekel recht geben:

„*Zum Teil schon wahr. Ich hab oft gegen solche Sprüche protestiert, die meine Kollegen als ‚Münchner Humor' ausgaben:*

‚Solchene Sprüch san net bierernst zum nehma',
hieß es dann. Trotzdem ist's vorbei damit: Die Außenlautsprecher wurden abmontiert, und das Personal wurde anläßlich der Olympischen Spiele 1972 in weltläufiger Höflichkeit geschult. So kann man jetzt an der U-Bahn sogar ein ‚Bitte' hören, vor oder nach der noch immer noch rüden Aufforderung:
    ‚zu...rückbleiben'."

Vorsorglich, das heißt aus Sorge um Heinz, mußte ich Konrad ermahnen, jetzt nicht nach einer Entgegnung zu suchen:

„Sieh auf Heinz: Er hat vermutlich 'n Infarkt!"

Heinz hatte mit einem kurzen, kaum hörbaren Schmerzensschrei einen Stuhl umgeworfen und war zu Boden gestürzt. Ich kümmerte mich sofort um ihn und schrie Konrad zu:

„Konrad, schnell, einen Krankenwagen!"

Aber auf Konrad war kein Verlaß, er stand hilflos wie gelähmt herum. Ich rief dann selbst einen Wagen des Bayerischen Roten Kreuzes. Man ließ mich den Freund im Krankenwagen begleiten. Obwohl Notarzt und Sanis mit seiner Wiederbelebung beschäftigt und kaum ansprechbar waren, konnte ich sie überreden, das Schwabinger Krankenhaus anzusteuern, das für seine Notaufnahme und Intensivstation in gutem Ruf steht. Sie nickten mir zu, aber wenig später nahmen sie dem Heinz Beatmungsmaske und die Schläuche vom Leib und riefen mir zu: „Exitus"!

Ich hätte wohl zuerst nach Angehörigen, vor allem nach der Exfrau von Heinz suchen sollen, aber ich nahm ein Taxi und fuhr zu Konrad zurück. Gegen die „feindlichen Brüder" dieses einen Tages setzten sich doch die 40 Jahre Gemeinsamkeit im ‚Bund der Toleranten' durch. Ich fand Konrad in desolater Verfassung vor. Er hatte offensichtlich getrunken, stand schwankend herum und schlug sich immer wieder mit der flachen Hand vor die Stirne. Ich schrie ihn an:

„Heinz ist tot, er ist schon auf dem Transport ins Krankenhaus gestorben. Sein Tod und der Streit mit Dir sind mir zu viel. Ich fahre nach Hause. Konrad, Du bist in Gefahr, allein zu leben und schließlich zu sterben: ein starrsinniger und bösartig-reaktionärer Alter, wenn Gisela nicht bei Dir bleibt."

Aus seiner „Erwiderung" konnte ich nur Suff und starren Irrsinn heraushören, sollte er da nicht herausgezogen werden, wird er wohl in einer Psychiatrischen Anstalt enden. Wie ein Irrer sabbelte er jetzt schon herum:

„Das war mein 65. Geburtstag. Danke, daß Ihr gekommen seid. Wir haben noch gar nicht richtig gefeiert, und Ihr wollt schon gehen. Heinz ist wohl schon voraus gefahren. Und Wilhelm, der Schurke, ist gar nicht erst gekommen, nehms ihm aber nicht übel. So trinken halt wir beide allein den Schampus auf meinen Geburtstag. Prost, Werner!"

Ich mußte, obwohls sinnlos zu sein schien, diesen Konrad noch einmal ansprechen, in der Hoffnung, vielleicht doch noch zu seinem vernünftigen Kern durchzudringen:

„Nein, danke Konrad, Du bist verwirrt, vielleicht nur betrunken: Heinz und Wilhelm sind tot, Du weißt es doch! Und ich gehe, gehe für immer und werde an keinem Treffen mehr teilnehmen. Heute hast Du mich schwer gekränkt. Auch wenn ich Dir verzeihen würde, Deine Ausfälle gegen mich, gegen Homosexuelle überhaupt, würden sich wiederholen. Da geh ich lieber ‚aus der Schußlinie', mit diesem Ekel-Wort aus dem Krieg. Du hast ja auch einen Krieg geführt gegen mich, gegen die Schwulen!"

Daß Werner die schwer auf ihm lastende Auseinandersetzung mit Konrad so präzis erinnert und die Dialoge der befeindeten Freunde so lebendig wiedergegeben hat, grenzt an ein Wunder. Werners bewundernswerte Leistung, mit der er die Verletzungen durch Konrad erneut durchleben mußte und schließlich die pietätvolle Aufbewahrung seiner Papiere nach seinem Tod durch seine Freunde haben Konrads mutigen Bericht ergänzt und uns den vollständigen Bericht über seinen 65ten Geburtstag und damit vom „Fünften Treffen der Toleranten" überliefert.

Mit diesem Protokoll hat Werner ohne Zweifel auch einen Appell an jene verbunden, die sich heutzutage noch – kirchlich oder sonst ideologisch beeinflußt – als borniete Schwulenfeinde gerieren, während man in den meisten zivilisierten Staaten einen sexuell „abweichend" Orientierten nicht mehr als einen Anderen sieht, sondern als einen Mitbürger wie jeden anderen, mit allen Rechten.

Konrad hat mit dem Bericht über seine schandbaren Attacken gegen Werner mehr geleistet, als von einem alten Mann erwartet werden kann, der über seinen Schatten springen muß, wenn er die Wahrheit erzählen will. Jetzt verstehe ich, daß er sich noch vor kurzem heftig gewehrt hat, von diesem Tag zu berichten: Nackt, und nicht nur bis auf die Knochen, wie man so sagt, hat er sich entblößt, er hat die Eingeweide, das Herz und das Hirn bloßgelegt. Vielleicht wird er – im Schmerz – wieder zurückfinden zum ersten Treffen des „Bundes der Toleranten" - zu unseren Fragen und jugendlichernsten Suchbewegungen damals.